Ilahi Şehvet

Translated from the Original English version of

Divine Lust

Baby Kattackal

Ukiyoto Publishing

Tüm küresel yayın hakları

Ukiyoto Publishing

Yayınlandığı yer 2023

İçerik Telif Hakkı © Baby Kattackal

ISBN 9789360161408

Tüm hakları saklıdır.

Bu yayının hiçbir bölümü, yayıncının önceden izni alınmaksızın elektronik, mekanik, fotokopi, kayıt veya başka herhangi bir yolla çoğaltılamaz, iletilemez veya bir erişim sisteminde saklanamaz.

Yazarın manevi hakları ileri sürülmüştür.

Bu bir kurgu eseridir. İsimler, karakterler, işletmeler, yerler, olaylar, yöreler ve olaylar ya yazarın hayal gücünün ürünüdür ya da hayali bir şekilde kullanılmıştır. Yaşayan veya ölmüş gerçek kişilerle veya gerçek olaylarla olan benzerlikler tamamen tesadüfidir.

Bu kitap, yayıncının önceden izni olmaksızın, yayınlandığı cilt veya kapak dışında herhangi bir şekilde ödünç verilmemesi, yeniden satılmaması, kiralanmaması veya başka bir şekilde dağıtılmaması koşuluyla satılmaktadır.

*Beni edebi uğraşlarıma teşvik eden kız kardeşim
mrschinnammapaulose'a*

İçindekiler

Bölüm 1	1
Bölüm 2	8
Bölüm 3	13
Bölüm 4	22
Bölüm 5	43
Bölüm 6	47
Bölüm 7	50
Bölüm 8	55
Bölüm 9	58
Bölüm 10	61
Bölüm 11	68
Bölüm 12	71
Bölüm 13	78
Bölüm 14	90
Bölüm 15	91
Bölüm 16	93
Bölüm 17	98
Bölüm 18	103
Bölüm 19	111
Bölüm 20	119
Bölüm 21	129
Bölüm 22	145
Bölüm 23	159

Bölüm 24   163
Bölüm 25   165
Bölüm 26   169
Bölüm 27   179
Bölüm 28   180
Bölüm 29   182
Bölüm 30   185
Bölüm 31   194

Yazar Hakkında   *207*

Bölüm 1

"O zaman bu bizim yaşadığımız dünyadan farklı bir dünya mı?" Julie biraz heyecanlı ve daha çok kafası karışık bir şekilde sordu. Ozan'ın giriş niteliğindeki öğretilerini izledikten sonra böyle düşünmekten kendini alamadı.

Ozan başlangıçta Julie'nin zihninin bilmediği yollarını araştırdı, sonra da Julie'nin cevap aradığı soruların özüne dokunmadan önce onu bir tür hayali zihinsel durumdan geçirdi. Onun farklı bir dünyaya dair şüphelerine karşı suskun bir tavır takındı. Aslında, aydınlanmak için kendisini ziyaret edenlerin zihinlerinde kafa karışıklığı yaratmaya yönelik stratejik hamlesinin bir parçası olarak öyle olmak zorundaydı. Çözüm için kendisine başvuranların uhrevi sorularını çözmede son söz onunkiydi. Ancak onun tavrı bu nedenle sorularını yanıtlamaktan kaçınmaktı. Onun hayali zihinsel durumuyla demlenmiş olan adam, şüphelerinin aptalca olduğunu biliyordu. Ama onun suskunluğu kafasını karıştırıyordu. Neyin doğru neyin yanlış olduğundan emin olamıyordu. İllüzyonlar bazen insanları doğru olduklarına inandırır; ya da yanlış şeyleri doğru, doğru şeyleri de yanlış olarak kabul ettirir. Bard'ın stratejisi buydu: kafa karışıklıkları ve yanılsamalar yaratmak!

Zihni Ozan tarafından yaratılan yanılsamalar ile gerçeklik arasında gidip geliyordu. Aslında Ozan, zihninin metafizik ve okült güçleriyle hayal gücünden bir dünyanın uhrevi bir yanılsamasını yaratıyor ve kadının zihnini kendisine itaat ettiriyordu. Deneyimlerinden, kafası karışmış bir zihnin kolayca fethedilebileceğini biliyordu. Yaşadığı dünya ile Ozan'ın hayalindeki dünyanın farklı olduğunu düşünmesini sağlayan da bu kafa karışıklığıydı. Bu onun aydınlanmak için kendisine gelenlere uyguladığı ilk stratejisiydi. Kimse onun nihai bir amaç için zihinleriyle oynadığını bilmiyordu. Şimdiye kadar amacına ulaşmakta hiç başarısız olmamıştı. Her başarısı onu gizliden gizliye zaferiyle övündürüyordu.

Ozan elli yaşlarında, uzun boylu, zayıf bir adamdı. Gözleri hafifti ama derinliği bilgeliğini gösteriyordu. Bir Alman üniversitesindeki felsefe profesörlüğü görevinden ayrıldığından beri, görünüşü bir azize gibi olmuştu. Uzun safran rengi bir bluz ve benzer renkte bir dhoti giymişti. Saçları omuzlarına değecek kadar uzundu ve göğsüne değecek kadar uzun bir sakalı vardı.

Buluştukları yer Himalayalar'ın etekleriydi; güneşin aydınlattığı dağların tepesinden gizlice süzülen ve aşağıdaki derin, boş vadilere akmak için aşağıya doğru kıvrılan pek çok buzul görmüştü. Kendisine gelenlerin vadiler kadar boş zihinlere sahip olduğunu, kendisinin ise bilgeliği ve aydınlığıyla karla kaplı dağların zirveleri kadar yüce olduğunu biliyordu. Her zaman sözlerinin onlara dağın tepesinden pırıl pırıl, kristal buzullar gibi geldiğini, boş ve aç zihinlerini bilgiyle doldurduğunu düşünürdü.

Julie'nin annesiyle birlikte yaşadığı Lizbon'dan Himalayalar'ın eteklerine yaptığı yolculuk uzun ve tehlikeli bir yürüyüştü. Annesi, kızının araştırmalarının bir parçası olarak evden uzun süre ayrı kalmasına alışkındı. Ozan'la tanışmak ve sorularına yanıt bulmak için Himalayalar'ın eteklerine yaptığı zorlu yolculuğa annesinin izniyle çıkmıştı. Nihai cevap için Ozan'la buluşabilmek adına her türlü riski ve tehlikeyi göze almaya hazırdı: İlahi, uhrevi aşkın başarısı neydi? Bitmek tükenmek bilmeyen arzusuyla Lizbon'dan Himalayalar'a uzanan yolculuk ona hiçbir zaman zorlu gelmemişti. Uçsuz bucaksız Sahra çölünü, devasa kum tepelerini ve düzlükleri isteyerek aşar, kaybolma ya da zaman zaman bölgeyi kasıp kavuran ve çölü geçen maceraperestler için yön işaretlerini yok eden kum kasırgalarının ani düşmanca esintilerine gömülme riskini göze alırdı. Yedi denizi geçecek, aşılmaz dağları aşacak, her ülkeyi ve kıtayı geçecekti, yeter ki sorularına bir yanıt bulabilsin. Sonunda Ozan'la karşılaştığında, sanki dünyayı tek başına fethetmiş gibiydi.

Julie, Ozan'ın metafizik, kara büyü, gizli güçler ve hipnotizma gibi birçok güce sahip bir adam olduğunu ve bu güçlerle kendisine sorulan uhrevi insan sorunlarına çözümler bulduğunu biliyordu. Bu yüzden aydınlanmak için ona gelenler, zihinlerini onun sorularına verdiği yanıtları kabul edecek şekilde ayarlamak, onun zihinsel güçlerinden yararlanmak zorundaydı. Ozan'a olan inancı kusursuzdu ve onun tüm sorularının ya da aydınlanmak için ona gelen herkesin sorularının nihai sözü ya da cevabı olduğunu kanıtlıyordu.

Julie'nin içinde yaşadığı dünya anlayışı Ozan'ın kavramlarının dünyasıyla bir ve aynıydı, tüm şüphelerine cevap bulabileceği bir dünyaydı. Yine de, yanılsamalı düşünceleri nedeniyle, sık sık yaşadığı dünyada sorularına cevap bulamadığını düşünüyordu ve bu onda uhrevi farklı bir dünya düşüncesi yaratıyordu. Ancak Ozan hiçbir zaman içinde yaşadıkları dünyadan farklı bir dünyanın varlığından söz etmemişti. Kafası karışmıştı. Bu durum onun sorusunu tekrarlamasına neden oldu, hayali dünyanın gerçek değil, Ozan'ın hayal ürünü olduğunu bilmiyordu.

"İçinde yaşadığımız dünyadan farklı bir dünya mı?" diye tekrarladı.

"Görünüşte değil," diye yanıtladı Ozan, zihninde yanılsamalar ve kafa karışıklıkları yaratma gücünden gizlice keyif alarak.

Ancak sorularına cevap bulma konusundaki güçlü arzusu ve içinde yaşadığı dünyanın zihninde sadece uhrevi, ilahi aşkla ilgili bazı muazzam sorular uyandırabildiğini ve bunun gerçekleşmesiyle ilgili hiçbir şey olmadığını fark etmesi, Ozan'ın onu kolayca farklı bir dünyanın geçici, hayali zihinsel durumuna sürüklemesine yardımcı oldu. Julie'nin yanılsamaları ve kafa karışıklıkları hakkında net bir fikri olmadığı için bunu başarıyla yapabiliyordu.

Eğer Julie herhangi bir yanılsama içinde olmasaydı, Ozan'ın işi yine de zor olacaktı. Yanılsamalı zihinsel durumu doğal olarak ama geçici olarak ona cevapların farklı bir dünyada bulunacağını düşündürdü ve bu dünya Ozan'ın gizlice onun içinde olmasını istediği dünyaydı. Bu Ozan'ın başarısıydı.

Ozan onu bu durumda uzun süre tutmak istemedi. Bu yüzden normal düşünce yapısına geri döner dönmez giriş dersleri başladı. Son soruları başka bir zaman devam edilmek üzere şimdilik ertelendi. Ozan, sorularının cevaplarını kendi başına düşünmesi için ona biraz daha zaman tanımak istercesine onu yalnız bıraktı, ancak onun yardımı ve rehberliği olmadan bunu yapamayacağını biliyordu.

İlk dersin sonunda Ozan onu uyardı: "Eğer sana öğrettiklerimi anlamazsan, yine de takdir etsen iyi edersin. Eğer iyice anlayabilirsen, onu eleştirmekle iyi edersin. İyice anlamak makul şüphelere yol açar. O zaman sorularınız takdir edilecektir. Fakat öğretilerimi anlamakta başarısız olursanız, hiçbir gerçek şüphe ortaya çıkmayacaktır. Ve eğer soru sorarsanız, kendi cehaletinizin bir ifşası olacak hatalı sorular sormuş olursunuz."

Ozan özellikle Julie'den bunu aklında tutmasını ve buna bağlı kalmasını istedi. Sonra da ona rahat bir bakış attı. Ama kartal gözleriyle Julie'nin vereceği yanıtı izliyordu ve uyarısı Julie'ye ihtiyat duygusu aşıladı. Zihni onu "Dikkat et," diye uyardı; Ozan'ın uyarısından sapma. Sonra Ozan'ın, kendisinden aydınlanma elde etmek istediği arzusunun derinliklerini, ısrarını ve azmini test ediyor olabileceğini düşündü.

Julie, Ozan'ın kendisiyle ilgilenirken takındığı yavaş ve neredeyse eksantrik tavrına katlanmak zorunda kaldı. Ozan'ın davranışlarının, Lizbon'dan Himalayalar'ın eteklerine kadar yürüdüğü ve Ozan'ın inziva yerinin yakınındaki pek de konforlu olmayan, derme çatma bir kulübede kalmayı tercih ettiği aciliyetle örtüşmediğini hissetti. Ancak Ozan'ın isteği ve zevkine göre gerçekleşecek olan bir sonraki derslerini beklemek zorundaydı.

O zaman, normale döndüğünde, farklı bir dünya hakkındaki düşüncelerini, içinde bulunduğu tuhaf durumun bir sonucu olarak aklına gelen spontane bir düşünceye atfedebilirdi. Kendi farklı dünya kavramının, tanınabilir herhangi bir güç tarafından desteklenmeyen yeni bir dünya kavramının, teyitten yoksun olduğu ve teyit için başvuracak hiçbir şey bulamadığı için kafasını farklı bir şekilde daha da karıştırdığını fark etti. Annesinin ona farklı bir dünya fikrini hiç vermediğini hatırladı. Ozan, şüpheci zihninde bir yanılsama yarattıktan ve sorusuna iki kelimelik sıradan bir cevap verdikten sonra, "görünüşe göre değil", onu yalnız bırakmış, ona net bir cevap vermeye cesaret edememişti. Böylece farklı bir dünyanın varlığına dair şüpheleri kısa süre içinde onun için inanılmaz, kafa karıştırıcı bir önermeye dönüştü; ama kafasının karışmasının bir bakıma Ozan'ın başarısı olduğunu asla bilemedi. Ozan, onu farklı bir dünya sonucuna götüren şeyin ipucunu ve onun anlayışındaki farklı dünyanın ne olduğunu biliyordu. Aslında Ozan, uzun, ciddi ve sade meditasyonları ve metapsişik bilimindeki uzun uygulamaları sayesinde, başkalarının düşüncelerini etkileme konusunda muazzam bir yeteneğe sahipti. Onların şüpheleri hakkında zihinlerinde karışıklık yaratabilir ve aydınlanmak için kendisine gelenlerin şüphelerini kendi zihninin gücüyle giderebilirdi.

Ozan kendi zihninin sınırsız gücünü deneyimlemişti ve bu da onun nihai güç denen şeyi geliştirmesi için cesaret verici bir faktördü. Bunu başarması beklediğinden daha fazla zaman aldı, bu güç onun da çok iyi bildiği hipnotizma gücünden daha tehlikeli ve daha güçlüydü. Aydınlanmak için kendisine gelenleri tamamen emri altına alan da bu güçtü. Zihinleri öylesine kolaylıkla alıcı bir durumdaydı ki, tüm ruhani kapıları ona açıkmış gibi görünüyordu. Bu durum Julie'nin gözünde onun önemini vurguluyordu, tıpkı uhrevi ve süptil konularda aydınlanmak için ona yaklaşan herkes için olduğu gibi.

Ona iki kelimelik "görünüşte değil" cevabını verdikten sonra, Ozan bir hayal alemine dalmış gibi görünüyordu. Ama onun zihninin bir karmaşa girdabında olduğunu biliyordu. Soru onun için önemli olsa da, Ozan bu konuda o kadar da ciddi görünmüyordu. Bir an için, onun suskunluğunun zihninde daha fazla şüphe yaratma ve şimdiye kadarki bulguları ne kadar köklü olursa olsun, ilahi aşkın nihai kavramları hakkında kafasını karıştırma gücüne sahip olduğunu düşünmek zorunda kaldı. Adamın suskunluğunun kasıtlı olup olmadığından emin değildi. Ama ona görünmeden, Ozan onu gözlemliyordu. Bu kez onun suskunluğunun yarattığı kafa karışıklığının derinliğini ölçüyordu. Tavsiye almak için kendisine başvuranların kuşkulu zihinleriyle oynamak onun için bir zevkti: Kafası karışık ya da kuşkulu bir zihnin kısa sürede huzursuzlaştığını, kendi kendini yargılama yetisini yitirdiğini biliyordu. Ayrıca bu tür zihinlerin (aydınlanmak için kendisine yaklaşan herkesin zihninin) doğal olarak itaatkar hale geleceğini ve rehberlik için kendisine yöneleceğini de biliyordu; bu da onların gözünde her şeyi biliyormuş gibi görünen üstünlüğüne bir destek sağlıyordu. Böylece ona güvenmekten kendilerini alamazlardı, bu da Ozan'ın zihinlerini istediği şekilde ayarlamasını kolaylaştırırdı. Tüm bu insanlar onun müritleri oldular ve onun uhrevi bilgeliğinin müjdesini dünyanın dört bir yanına yaydılar. Böylece aşk kavramını, onun inceliklerini ve ruhani gizemlerini analiz eden bilgili bir bilgelik adamı olarak ün kazandı.

Bölüm 2

Ozan, aydınlanmak için kendisine başvuranların sorunları ne kadar ciddi olursa olsun, kolay heyecanlara kapılmazdı, çünkü yaşamı, onun kendine özgü belirsizliklerini ve kesinliklerini, sevgi, nefret ve acının ayrılmaz bir şekilde iç içe geçtiği kaçınılmaz duygusal karmaşıklıklarını, geçici sevincini ve coşkusunu, acısını, çatışan çelişkilerini ve tartışmalarını: geçmişte, bu dünyada bir yaşam sürerken çok fazla deneyimlemişti. Başlangıçta, bu çeşitli deneyimler onun savunmasız zihni üzerinde çeşitli etkilere sahipti. Sonra zihni değişen ruh hallerine duyarlı hale geldi. Ancak yaşam deneyimlerinden, hassas bir zihnin uzun süre dayanamayacağını öğrendi. Bir değişikliğe ihtiyacı olduğunu hissetti ve bunun için çabaladı. Çabaları kısa sürede sonuç verdi: hayatın korkunç deneyimlerinin keskin kenarlarını körelttiler, böylece artık zihnini delip geçmiyorlardı. Bu, zihnine muazzam bir pozitif destek veren bir aydınlanmaydı ve böylece ona yaşamın sorunlarına soğukkanlılıkla yaklaşma bilgeliğini kazandırdı.

Bir zamanlar bir aile babasıydı. Temelde huysuz biriydi. Bu onda bir tür çift kişilikti: toplum içinde akıllı, özel hayatında ise huysuz! Şöhret yolunda kendisine engel olan hiçbir şeyi kabul edemezdi. Çeşitli uhrevi kavramlara, bunların açıklamalarına ve çözümlerine cevap bulma konusunda daha düşünceliydi. Mistisizm onun en sevdiği konuydu ve felsefe onun mistik düşünceleri karşısında ikinci planda kalıyordu. Bu mistik kavramların birçoğu sıradan insanlar için anlaşılmazdı, kırılması zor bir cevizdi ve bunlara yalnızca o cevap bulabilirdi. Esrarengiz zihinsel gücü, uzun ve sade uygulamalar sayesinde, onu diğer insanların sert, taşlı ve uhrevi sorunlarını irdeleyip analiz edebileceği daha yüksek bir zihinsel seviyeye taşımıştı. Sonra da bu sorunlara çok aranan cevapları başarıyla bulabiliyordu.

Ancak uhrevi konulardaki yüksek konumu evlilik hayatıyla çelişiyordu. Karısı Camila dünyeviydi. Onun ufkunun kendi yaşam tarzını destekleyecek kadar geniş olmadığını düşünüyordu. Ailesi, kocası ve çocuklarıyla ilgileniyordu ve bunların ötesinde hiçbir ilgi alanı yoktu. Her ikisi de evliliğin bir al-ver yaklaşımı gerektiren bir kurum olduğunu anlamakta başarısız oldular. Bu yüzden Ozan araştırmasına daldığında, karısı bundan hiç hoşlanmadı. Kendi içine dönerek onu rahatsız etmeye, öfkeli ve aşağılayıcı sözler sarf etmeye başladı. Bu onu bıçakla yaralamak kadar iyi bir şeydi, bu yüzden çok acı çekmek zorunda kaldı.

Bir keresinde ona şöyle dedi: "Bu ev boş ve bunun nedeni de senin varlığın. Seni bir arkadaş olarak göremiyorum. Eşler arasında normal olması gereken aidiyet duygusunu hissetmiyorum. Kendimi yalnız hissediyorum." Ozan'ın sözleri alaycı karısını kışkırtmak için fazlasıyla yeterliydi.

"Duyguları olan, karısı için endişelenen bir adamla, bir insanla evlendiğimi sanıyordum. Benim varlığımla bu evin boş olduğunu hissediyorsan, bu senin kendi eksantrik hissin ve bundan hiçbir şekilde ben sorumlu değilim. Madem buna hazır değildin ve eşinle birlikte bir hayat sürmeyi kaldırabilecek zihinsel yapıya sahip değildin, neden benimle evlendin? Her zaman kitaplarınla ve kendi düşünce dünyandasın, benim duygularımı hiç umursamıyorsun. Beni aldattın. Sen acımasız bir adamsın. Bir okuma makinesi! Zihnin, sıradan bir insanın hayatında hiçbir değeri olmayan şeylere dalıyor. Seni izlerken, düşünüp durduğunu ve bazen kendi kendine gülümsediğini fark ettim. Ama bana gülümseme, benimle vakit geçirme nezaketini göstermiyorsun. Beni mutlu etmiyorsun. Benimle evlenmenin tek olasılığı, içimdeki gülümsemeyi alıp götürmüş olman. Bizim çocuğumuz yok. Doktor sorunun bende olduğunu teşhis etti. Ama bu kader. Elimde değil. Bana daha fazla ilgi ve alaka göstermeliydin. Ama göstermedin. Bu dünyada mutlu yaşayan çocuksuz çiftler var. Ama bizim aile hayatımızda böyle eğlenceler tabu!" diye üzüntüyle ağladı.

"Bu kadın başımın etini yiyor, hep sinirlerimi bozuyor," diye mırıldandı Ozan kendi kendine. "Dikkatimi hiç dağıtmıyor. Kendimi onun hayalindeki aile babası yapamıyorum."

Birkaç gün daha dalgın kaldı. Kimin hatalı olduğunu düşünmek umurunda değildi. Sorunu çözmek için bir çözüm düşünüyordu. Karısının dar ufku altında küçülmeye asla hazır değildi. Evlilik hayatı onun şöhret hevesi karşısında başarısızlığa uğradı. Bu nedenle, kendisi için duyarsız bir eşle yaşamaktan daha anlamlı olan konulara yoğunlaşmak için karısını terk etti. Ancak bu tür deneyimler ona mutluluk getirmedi. Aklı ona bunların istediği şeyler olmadığını söylüyordu. Konusu olan felsefe, yaşamın sıcaklığından yoksundu; yaşamın heyecanı, zevki, büyüsü başka yerlerde yatıyordu.

Bu yüzden onu bir seyyah, kendisine tatmin veren, insan sevgisinin sıcaklığını ve heyecanını getiren, hayatını anlamlı kılmak için gereken gıdayı sağlayan şeyin arayışında bir gezgin yapan şey buydu. Bu, bireyleri geri dönülmez bir şekilde birbirine bağlayan güçlü bağla ilgiliydi. Aklı, ona göre basmakalıp, boş bir zırvalık olan kibirli bir dille felsefenin temellerini öğretmek yerine, onu bu bağı öğrenmeye çağırıyordu.

Uzun yıllar felsefe öğretmenliği yaptıktan sonra, bu mesleğe devam etmenin artık kendisi için bir zorluk teşkil etmediğini fark etti. Felsefe öğretmenliği yaptığı yıllar boyunca, tanınmasını sağlayan farklı türden durumlarla karşılaşmıştı ama bunlar artık onu zorlamıyordu. Ve öğrencilerinden hiçbiri herkes tarafından tanınacak kadar ünlü olmamıştı. Onların da üstesinden gelebilecekleri, kendilerine şöhret getirecek zorlayıcı bir şeyleri yoktu.

Felsefi yaklaşımın evrenin doğasını ve anlamını anlamakta başarısız olmaya başladığını fark etti, bu düşünce onu ürpertti; romantizmin meydan okuması, sıcaklığı ve heyecanı yok gibiydi. Bu yüzden bir gün buna son vermek istedi. Kazandığı her şeyden vazgeçecekti. Başka bir yerde yattığını bildiği bir şeyin arayışındaydı, bu yüzden meditasyon için Himalayalar'a taşındı. Himalayalar'ın eteklerini seçmesinin nedeni, bu yeni çevrenin ona daha fazla zihinsel mutluluk sağlayacağını hissetmesiydi, çünkü yoğun sessizlik meditasyonu için uygun olacaktı. Meditasyonun, bazen bir serap gibi görünen aydınlanma sorusunun cevabı olduğuna inanıyordu. Bu ona yeni düşünce yolları açtı ve nihai olanı keşfetti: insanı insana bağlayan, bireyi fetheden, onu köleleştirirken aynı zamanda serbest bırakan, nihayetinde her insan kendini fetheden bağı. "Bağ" teriminin göründüğünden çok daha fazlasını ifade ettiğini biliyordu. Her insanı bir diğeriyle birleştiren görünmeyen bağların uzun destanından bahsediyordu; toprağın bu bağda nasıl bir rol oynadığını. Bu ona, sevginin ruhların birbirine bağlanması olduğu dersini verdi. Bunun canlı bir düşünce olduğunu, zihninde patladığını ve ruhunu sevgi üzerine düşüncelerle beslediğini fark etti. İnsan zihninin, insan doğasının, "bağ" kelimesinin insan doğasını açıklamada oynadığı önemin incelenmesine duyduğu hayranlığı besledi: insan zihninin sınırsız aleminde gömülü olan sevginin engin potansiyelini, sevginin insanların birbirine bağlanmasındaki rolünü ve insan kişiliğini nasıl şekillendirdiğini vurguladı. Bu düşünce, sevgi üzerine yoğunlaşmasıyla onun için birden fazla açıdan önemliydi.

Bölüm 3

Aslında Ozan'ın felsefeyi terk edişi karşılıklı bir ilişkiydi. Sıcak bir analiz için felsefi kavramların derinliklerine indikçe, konu ona buz gibi soğuk geldi; böylece kendisi de felsefeden soğudu ve onu sonsuza dek terk etti. Zihni için zevklerin ve cazibelerin soğuk felsefede değil, başka yerlerde yattığını biliyordu; arayışı onu daha sonra psikoloji, şarkı sözleri ve şiir alanlarına getirdiğinde bunun doğru olduğu kanıtlandı. İnsan zihninin farklı yönleri olduğu için hepsinin birbiriyle bağlantılı olduğunu fark etti.

Psikolojiye bu şekilde ulaştı. Onu bu konuyu öğrenmeye çeken şey, tıpkı insan zihninin ilgi çekici olasılıklara sahip sınırsız bir varlık olması gibi, kapsamının da sınırsız olmasıydı. Konu insan sevgisinden bahsediyor ve insan zihninin güçlendirilmesine hitap ediyordu. Üniversiteden mezun olurken kendisine yardımcı ders olarak psikoloji öğreten profesörden hipnotizmayı öğrenme fırsatı bulmuştu. Dolayısıyla, daha sonra psikolojiyi ana ders olarak almadan önce bile hipnotizma konusunda bilgiliydi. Bu onu psikolojiye ve onun çıplak temellerine aşina kıldı. Felsefeyi bıraktığında, felsefe ve psikoloji arasında daha önce hiç yapmadığı bir karşılaştırma yaptı - çünkü doktorasını felsefe alanında yapmış ve bunu ekmek parası kazanacağı meslek olarak seçmişti. Bu konuyu bıraktığında, yol ayrımına geldiğini hissetti; daha sonra psikolojinin pratik kullanım için bazı ek avantajlara sahip olduğunu görünce, hangi yöne gideceğini bilmeden yol ayrımında durmak zorunda kalmadı. Yönü açık ve dümdüzdü.

Psikolojiyi derinlemesine öğrenmeye başladığında, bu onun önünde pek çok yön açtı. Klinik psikolog olabilirdi; ama sonra hastaları tedavi etmenin monotonluğunu düşündü: bir dizi seans boyunca hastalarla bitmek bilmeyen konuşmalar! Bunun cazibesi neredeydi? Psikanaliz prosedürünü, rüya çalışmalarını, rüya yorumlarını ve benzerlerini okuması gerekiyordu. Sonra analizde direncin kaçınılmaz olduğuna dair Freudyen kavramı hatırladı. Bir hasta klinik psikoloğa sorunlarıyla başvurduğunda, psikanalistin görevi hastayı rahatsızlığına neyin yol açtığı konusunda ikna etmek, böylece nedenin kökenini zihninden uzaklaştırmak ve ona iyileşeceğine dair güvence vermekti. Ancak bunu söylemek yapmaktan daha kolaydı. Hasta, rahatsızlığına neyin sebep olduğu konusunda yanlış bir düşünce çizgisiyle baş başa kalıyordu. O zaman psikanalist onu, sorununun şu ya da bu suçluluk duygusundan ve bunun sonucu olan kompleksten kaynaklandığına ikna etmek zorundaydı - psikanalizin zor rolü! Hastayı ikna etme görevi o kadar kolay değildi. Psikanalist ona neyin doğru olduğunu anlatmalı ve hastanın yanlış kavramlarının sorununun nedeni olduğunu göstermeliydi. Ancak psikanalist bunu söylediğinde, hasta Freud'un direnç olarak adlandırdığı bir şey geliştirecekti. Hastanın sorunu bilinçaltının zevkiydi. Ama bu onun uygar zihni için acı vericiydi, çünkü bilinçaltının zevkleri her zaman antisosyaldi ve uygar zihni bunu kabul edemezdi. Psikoloğun görevi, hastanın uygar zihninden suçluluk duygusunu uzaklaştırmaktı. Bu süreç o kadar da kolay değildi. Zihnin direnci kışkırtıldığında, hastanın durumu daha da perişan olur ve çoğu kişi tedaviyi bırakırdı. Bu durum Ozan için kabul edilemezdi. Psikoloji biliminin iki bölümünden anormal psikoloji Bard'ın daha çok hoşuna gidiyordu. Meditasyon yoluyla zihnin gücünü artırıyordu. İnsan zihninin gücünün sınırsız ve sınırlanamaz olduğunu biliyordu. Tek şey, zihnin doğru şekilde çalıştırılarak geliştirilmesi gerektiğiydi.

Ozan, dondurucu soğuk felsefeden psikolojinin sıcaklığına ve romantik sözlerin ve dizelerin ilgi çekici dünyasına geçtiğini hissetti. Sonra yeni alanının felsefeden daha geniş olduğunu fark etti ve hayatında bu kadar uzun süre felsefe öğretmeye devam etmekle aptallık ettiğine pişman oldu. Psikoloji, şarkı sözleri ve şiirlerin ayrılmaz bir şekilde birbirine bağlı olduğunu keşfetti ve daha sonra bu konulardaki bilgeliği ona çok yönlü kişiliğini ve zihinsel kalibresini başarıyla sergilemek için bolca fırsat sağladı. İnsan zihnine dayalı konular üzerinde çalışmak için biçilmiş kaftan olduğunu görebiliyordu. Böylece kısa sürede sıradan insanların uhrevi sorularını yanıtlayabilen bir psikolog olarak ün kazandı. Başına buyruk bir romantik şair olarak çok yönlülüğünü başarıyla sergileyebildi ve romantizmin geleneksel kavramlarını bir kenara bıraktı. Kendi romantizm kavramını kendine özgü bir şekilde ele aldı ve bunu ilk şiiri "The Moments" ile ortaya koydu.

"The Moments", The Misty Mist ve The Due Point gibi ünlü dergiler tarafından takdir edildi. Şiirleri doğa olaylarının ifadesiydi. Bu onda paradoksal gibi görünen bir özellikti, ya da başkalarına öyle geliyordu, çünkü aslında nefret ettiği felsefenin bir dalı olan fenomenoloji üzerine kitapları hevesle okuyordu, terk ettiği eski konu.

Ancak fenomenolojinin, doğaya ilişkin romantik görüşlerinde kendisine yardımcı olacak bir konu olduğunu biliyordu. Fenomenoloji, dünya hakkında neyin gerçek ya da doğru olabileceğinin aksine, kişinin gördükleri, duydukları ve hissettikleriyle ilgileniyordu. Romantizmin temelinde de bu vardı ve konuyu onun için ilginç kılan da buydu. Şarkı sözleri ve dizeler alanındaki başarısının, sınır tanımayan ruhuna ve enerjisine, soğuk bir filozoftan sıcak bir romantik şaire dönüşebilme kapasitesine ve aynı şekilde donuk bir filozoftan bilgili bir psikoloğa dönüşebilme kapasitesine bağlı olduğunu fark etti. Tüm bu konularda, o anki çılgınlığı olan romantizm unsurunu bulabiliyordu. Psikolojinin inceliklerini romantik bir perspektiften başarıyla görebiliyordu. Araştırmacı zihni her zaman bir uyum bağı, neşe, keder, öfke vb. gibi insan duyguları arasında, dinlendiklerinde ve dış uyaranlar tarafından harekete geçirilmediklerinde, ebedi bir aşkın erotik bağını hayal edebiliyordu. Çeşitli türlerde olmalarına rağmen, şaşırtıcı bir şekilde hiçbir zaman kavgalı olmadılar. Tek bir çatı altında toplanmışlardı: insan zihni. Dünyaya, aralarında karmaşık, hassas bir uyum kavramının hüküm sürdüğünü gösterdiler - rengarenk insan duygularının uyumu. Evrensel uyum ve sevginin yüce fikrini ortaya koydular. Dünyaya, karşılıklı sevginin aptalca çekişmelerle engellenmeden nasıl sürdürülebileceğine dair hassas fikri öğrettiler. Tüm bu kavramlar ve görüşler, düz bir okumayla, insan hayatının dünya üzerindeki kısalığının görünüşte sembolik bir ifadesi olarak düşünülen "The Moments" şiirinde patlak verdi. Sanki insan hayatı bir anlık bir parıltı gibiydi. Ama o, herkesin zihninde sadece hayal kırıklığı yaratabilecek bu olumsuz fikri ne kadar güzel ve zahmetsizce umut veren olumlu bir soyutlamaya dönüştürdü. İnsan hayatını, bu dünyada patlayan ve sonra sonsuzluğa doğru solup giden bir anın parıltısıyla karşılaştırıyor gibiydi. Ama satır aralarını okuyunca bunun böyle olmadığını kanıtladı. Şiiri aracılığıyla patlama ve solma olgusunu farklı bir şekilde ortaya koydu. Bu asla tek seferlik bir olay değildi. Dünyanın başlangıcından geçmişe, günümüze ve geleceğe uzanan kesintisiz bir zincir, kesintisiz bir süreç olan ve insan kalbinin sürekli atışı gibi yeryüzündeki yaşamın doğal devamlılığının mesajını veren doğal bir olguydu. Bu, insanoğluna, insan yaşamını tek bir parıltı olarak değil, bütünüyle sürekli bir olgu olarak tasavvur etmesi için bir davetti. İşte kelimeler:

Anlar hiçbir yerden ortaya çıkar,

Birbiri ardına,

Dalgalanan şalterler gibi,

Bilinmeyen kökleriyle.

Patlar ve solarlar,

Hiç kimse için durma

Rahat bir sohbet için

Ya da fısıltılı bir sevgi için.

Bu dünyada parlıyorlar

Bir pırıltıda bizim olmak için,

Sonra kaybolun canlıların içinde

Sonsuzluğun koynunda.

"Birbiri ardına" ve "Dalgalanan şalterler gibi" dizeleri başka neyi gösteriyordu? Bu satırlar, anların yanıp sönmesinin ya da kırıcıların dalgalanmasının, insan kalbinin atışı gibi sürekli bir olgu olduğu gerçeğini yakalamamış mıydı? İnsan kalbi sadece bir kez atar ve sonra sonsuza dek durur muydu? An bu dünyaya sadece bir kez mi parladı ve sonra sonsuza dek durdu? Dalgakıranlar sadece bir kez mi dalgalandı ve sonra sonsuza dek durdu?

Bu şiir, şiirdeki romantizm unsurunu inceleyen ve değerlendiren süreli yayınlar aracılığıyla yeni nesil romantik şairler çevresinde bir heyecan yarattı. Hatırı sayılır bir okuyucu kitlesine sahip olan The Misty Mist dergisi, "Hiç kimse için durma Rahat bir sohbet için Ya da fısıltıyla söylenen bir sevgi için" dizelerini yakaladı. Derginin eleştirmeni Gladson, bu dizeler için övgü dolu ifadeler kullandı. Şöyle yazmıştır: "Bu satırlar romantizm fikrini tasvir etmiyorsa, insan ve doğa arasındaki ruhani aşkın karmaşık kavramını hassas ve ince bir şekilde özümseyip vurgulamıyorsa, aydınlanmış okuyucularımızın keyifli okumaları için başka ne ortaya koyuyor? "Rahat bir sohbet ve fısıltılı bir sevgi" sözcüklerini, Tanrı'nın doğadaki tüm yarattıklarıyla rahat bir sohbet ya da fısıltılı bir sevgi için zamanı olmayan bir doğa fenomeni olan geçen anları kurnazca kişileştirmesinden başka neye atfedebiliriz? Şairin hayal gücü ne kadar da yüce! Şairin, romantizmin cezbedici kavramını en hassas şekilde hayata geçirmeyi başardığını söylemeye gerek yok. Bu kelimeler insan ve doğa arasındaki karşılıklı ilişkiye işaret ediyor: ayrılmaz romantik karşılıklı ilişki ve insan ve doğanın karşılıklı bağımlılığı bu titreşen dizeler tarafından canlı bir şekilde çiziliyor. Şair bu dizeleri gerçek ve metaforik olarak mükemmel hale getirmeyi başarmıştır. Bu dizeler insan ve doğanın karşılıklı sevgisini çok güzel bir şekilde dile getirmekte ve romantizmin doğanın kendisinden ilham alması gibi asil bir fikri ortaya koymaktadır."

Burada zamanın geçişi doğal bir olguydu. Şair, okuyucularına "Kişileştirme yerinde, canlı ve çarpıcı" dedirtmek için, zamanın tik taklarını aşık bir insan kalbinin nabzıyla, tüm ihtişamıyla doğayı seven bir insan kalbinin çarpıntısıyla zekice karşılaştırmıştı. Ancak şairin kalibresinde biri, sonsuz bir doğa olgusunun şiirsel soyutlamalarının ince ağından böylesine zahmetsiz, hayranlık uyandıran, canlı bir kişileştirme yapabilir."
Romantizm üzerine bir başka ünlü dergi olan The Due Point, şiirin bir başka önemli dizesi olan "Sonsuzluğun canlı bağrı "nı alıntıladığında da aynı şekilde etkili bir yorumda bulunmuştur. Derginin eleştirmeni Samson, şairin romantik sonsuzluk kavramını özellikle canlı olarak tanımlamıştır. Samson, şairin sonsuzluk kavramının başına buyruk, nabzı atan ve canlı bir kavram olduğunu belirtmiştir. Hayatı sürdüren, yaşamı ileriye götüren yaşamsal yönü ve ona içkin romantizm unsurunu başarıyla sergileyerek, derginin zeki ve akıllı okuyucularının zihninde canlı, alıcı zihinleriyle umutlar yarattı. Bu durum, her şeyin sonunda soğuk bir sonsuzlukta birleştiği ya da sona erdiği şeklindeki eski sonsuzluk soyutlamasını işe yaramaz, nemli bir fiyasko haline getirdi. Burada şair, sonsuzluğu her şeyin soğuk sonu, bu dünyadaki yaşamın cansız, son aşaması olarak popüler bir kavram olarak tasavvur etmemiş; bunun yerine, sonsuzluk kavramını ustaca yeniden

canlandırmış, soğuk bir sonsuzluk kavramını değiştirerek onu sıcak ve canlı hale getirmiştir.

Bu şair, sonsuzluk kavramını soğuk yapısından kurtarmayı başarmış ve aynı zamanda okuyucuların hayal kırıklığına uğramış zihinlerini, şairin sonsuzluk kavramını sonsuz, canlı yaşamla dolu, gençleşmiş, romantik bir bakış açısıyla yeniden yorumlayabilecekleri daha yüksek bir coşku seviyesine çıkarmıştır. Bu onun söz, şiir ve psikoloji alanlarını kucakladıktan sonraki ilk şiiriydi. Şiiri anında manşetlere çıktı ve herkes tarafından takdir edildi. Onun romantik yaşam anlayışı, insanın doğada, doğanın da insanda yaşadığıydı. Bununla insan ve doğanın karşılıklı kopmaz bağını öne sürüyordu. Bu, engin romantik deneyimi sayesinde insanın doğayla kurduğu bir tür mistik ilişkiydi. Romantik bir şair olarak elde ettiği başarıdan çoğu zaman gizliden gizliye övünüyor, söz ve dizelerin dünyasını kucakladığında bunun sıcaklığını yaşıyordu. Romantik bir şair olarak tanınmasına rağmen, psikolojinin romantizme yakın bir konu olduğunu fark ederek psikoloji alanındaki bilgisini geliştirmeye devam etti. Romantik bir şair psikolojide başarılı olabilir ve bunu kendi hayatında da kanıtlamıştır. Romantizm, hem insanın hem de doğanın hayati roller oynadığı ruhani aşkla ilgilenir.

Psikoloji ise aşk, seks ve bunlarla ilgili şeylerle ilgilenir. Her ikisi de insan zihninin yönleridir. Ve böylece onun yön değişikliği kozlarını ortaya çıkardı. Şiire, dizelere ve psikolojiye olan tutkusu onu değişmiş bir adam yaptı. İnsan zihninin önemini fark etti. Sonra kendi zihnini daha da güçlendirmenin bir zorunluluk olduğunu hissetti.

Bu onun zihni için yeni bir vizyondu. Meditasyon için Himalayalar'ın eteklerine yerleşmeden önce, hayatın ruhani deneyimlerini aramak için sıradan evini terk etmişti. Bir yerlere gidip farklı kastlardan, inançlardan insanları izlemek ve onların yaşamlarını, umutsuzluklarını, sıkıntılarını, umutlarını ve bunun gibi şeyleri öğrenmek onu son derece cezbediyordu. Tüm bunların ortasında, daha iyi bir yaşam için duydukları yılmaz arzuların ve umutların kesinlikle gerçekleşeceğini hissetti. Bu umudun onların yaşamlarındaki itici güç olduğunu fark etti. Uzun yaşam yolculuklarında karşılaştıkları olumsuz koşullar, yaşama dair umutlarının yanında hiçbir şeydi. Olumsuz koşullar aslında onları gençleştiriyor ve umutlarını yeniden alevlendiriyordu. Sanki tüm kötü deneyimlerine rağmen kendi hayatlarıyla hobbitlik yapıyorlardı. Ve hayatları böyle devam etti. Ozan, uhrevi gücün peşinde bir arayıcıydı. Meditasyonları için uygun bir ortam arayışı onu Himalayalar'ın eteklerine götürse de, çoğunlukla kendi bulguları hakkında vaazlar vermek için oradan birçok başka yere seyahat ederdi. Uhrevi olana, cismani olmayan fikirlere duyduğu sevgi onu mistisizm kavramına getirdi. Mistisizmin Tanrı'nın ve gerçek hakikatin bilgisi olduğunu biliyordu. Bu uhrevi bir duyguydu. Mücerret dünyaya açılan kapıydı, soyut fikirlerin bilgisiydi. Ama mistisizmin aynı zamanda aklın yok oluş noktası olduğunu da biliyordu.

Bölüm 4

Ozan Himalayalar'ın eteklerine yerleştiğinde, okült bilimi, kara büyü ve bunların müttefik güçlerini öğrenerek hipnotik güçlerini nihai güç olarak adlandırılan bir şeye dönüştürme fırsatı buldu. Bu onu sınırsız güçlere sahip bir adam yaptı. İşte o zaman diğer insanların uhrevi sorularını yanıtlayabilecek hale geldi. Aydınlanmak için ona gelmeye başladılar. Ona hararetle tanrısallık atfettiler.

Julie'nin onun hakkında duydukları, onu ruhani sorularına yanıt bulmak için onunla buluşmaya itti. Hipnotizma, kara büyü ve gizli güçler hakkındaki bilgisi, yine Himalayalar'ın eteklerinde yaşayan Gogramme adlı bir adamdan gelmişti. Bölge batıl inançlara inanan kabileler tarafından işgal edilmişti. Kötülüklerden korunmak ve yaşamlarındaki refahı sürdürmek için kara büyüye güveniyorlardı. Vejetaryenlerdi. Ozan'ın meditasyonları için burayı seçtiğini ve insanların sorunlarını çözecek zihinsel güçlere sahip olduğunu duyduklarında onu gönülden karşıladılar. Kabile halkı yenilebilir meyve ve köklerden oluşan yiyecekleri toplamak için ormanlara giderdi. Bu, Ozan'a büyük bir yardımdı, çünkü sadece kabile halkı yenilebilir yiyecekleri yenmeyenlerden ayırt edebiliyordu. Ona yemeye hazır, pişmiş yiyecekler getirme konusunda titiz davranıyorlardı.

Düzenli meditasyonları için bir zaman belirledi. Kabile halkı bunu biliyordu ve onu asla rahatsız etmediler. Sonra Ozan yemek ve yürüyüş için zaman ayırdı. Bölgeyi tanımak için etrafta dolaşırdı. O dışarıdayken, kabile halkı etrafına toplanır ve ormanda kaybolmasın diye onunla birlikte yürürdü. Ona atalarından miras kalan efsanevi masalları anlatırlardı. Bir keresinde içlerinden biri Ozan'a ormana yerleşen tek kişinin kendisi olmadığını söylemiş. Ormanın derinliklerinde yaşayan Gogramme adında biri daha vardı ve o da birkaç yıl önce İrlanda'dan gizli güçler, kara büyü ve benzeri hileler öğrenmek için gelmişti.

"Peki kara büyüyü ve gizli güçleri nereden öğrenmiş?" diye sordu Ozan, ilgisi doruk noktasına ulaşmıştı.

Hindistan'dan gelen ve sihirli güçlere sahip olan Muerra adlı bir kadının hikâyesi daha ortaya çıkmıştı. Ataları geleneksel kara büyü uygulayıcılarıydı. Onu bölgeye getiren şey, batıl inançları olan kabile halkının onun doğaüstü güçlerine ilgi duyacağı ve takdir edeceği düşüncesiydi. Gizli güçleriyle geleneksel kara büyü uygulayan biri olduğunu iddia ediyordu.

Gogramme bu tür ezoterik güçleri öğrenmek ve edinmek isteyen biriydi. Muerra'nın kara büyü öğrettiğini duydu ve bu yüzden ona ulaşmaya karar verdi. Muerra da ona gizli güçleri öğretti ve artık kabile halkı arasında sorunlarını çözebilecek biri olarak tanınıyordu.

"Ama Muerra'ya ne oldu? Hâlâ burada mı?" diye sordu Ozan, içinde onunla tanışmak için gizli bir istekle.

"Hayır, o artık yok," dedi kabile üyelerinden biri.

"Her zamanki gibi yaşlılıktan mı öldü?" diye sordu Ozan. "Hayır, doğal bir ölüm değildi," diye cevap geldi. "O zaman bana nasıl olduğunu anlat!" diye merakla sordu Ozan. "Şimdiye kadar ne olduğunu kimse bilmiyor," diye cevap verdi.

"Ama bir polis vakası yok muydu?" diye sordu Ozan daha da artan bir merakla.

"Olay şimdiye kadar dış dünyaya açıklanmadı. Yani polis vakası yoktu. Hatta onu çocukla birlikte gömdük," dediler.

Bu cevap Ozan'ı daha da meraklı hale getirdi. Kafasında bir sürü soru vardı. "Cesediyle birlikte gömdüğünüz çocuk kim?" diye sordu.

"Kendi çocuğuydu," dediler.

"Nasıl olur? Evli miydi?" diye sordu Ozan şaşkınlıkla.

İlk kabile üyesi, "Hayır, evli değildi ama oldukça ilginç bir hikâyesi vardı," dedi. "O zaman bana detayları anlat," diye önerdi Ozan.

Kabile üyesi suskunlaştı. İkircikliydi. Kanlı geçmişi deşmekten hoşlanmıyordu. Ama mecbur kalınca hikayeyi anlattı:

"Muerra kendi mesleği olan gizli güçler konusunda bilgiliydi. Gogramme ona stajyer olarak katıldı ve çok başarılı oldu. İşte o zaman Muerra, Gogramme'ye karşı bir aşk beslemeye başladı. Onun aşk tekliflerini görmezden gelemedi ve ona aşık oldu. İlişkileri devam etti. Sonunda düzenli adetlerinin kaybolduğunu fark etti. Kendisiyle evlenmesini talep etti ama Gogramme bu fikri tamamen reddetti.

"Bu arada bir erkek çocuk doğurdu. Daha sonra onu rahatsız etmeye başladı ve kendisiyle evlenmesi için zorladı. Ancak Gogramme seks yapmanın kendisi için bir tabu olduğunu biliyordu, çünkü kadının ona öğrettiği zor öğrenilen okült güçleri kaybedeceğini biliyordu. Kendisine bıraktığı bu değerli miras için ona minnettardı. Bunun ona gösterdiği nadir bir cömertlik olduğunu biliyordu, çünkü okült güçler geleneksel olarak sadece atalardan doğrusal torunlarına gizlice aktarılırdı. Ancak Muerra iki konuda alışılagelmiş uygulamadan sapmıştı: birincisi, onun önünde iffetini ortaya koymuştu; ikincisi, sırlarını aile soyunun dışındaki bir adama öğreterek geleneksel geleneği bozmuştu.

"Bu iki faktörün düşüncesi onu sonsuza kadar rahatsız etti. Kadının karanlık bir cinsel hayatı olmadığını biliyordu, çünkü öyle olsaydı okült güçlerini kazanamazdı. Bu onun iffetine inanması için yeterli bir nedendi. Onunla cinsel ilişkiye girene kadar tertemiz, lekesiz bir hayatı olmuştu. O da aile hayatını terk ettiğinden beri bekârlığın bir yaşam biçimi olduğu biriydi; kişi okültist olarak kaldığı sürece bu kurala sıkı sıkıya uyulmalıydı. Ama kadın onu hayal kırıklığına uğrattı. Bu, hayatının geçici bir anında eşi benzeri görülmemiş, ani bir haraketti ve o da bekârlık yeminini bozmak zorunda kaldı. Cinsel olarak aktif olmaya devam ettiler.

"Bir çocuk taşıdığını öğrendiğinde, bekâr hayatı ve okült uygulamaları hakkındaki tüm düşüncelerini kaybetti. Geçici anlar onları birleştiren, bugüne kadar hayatları boyunca inşa ettikleri bekârlık yapısını unutturan anlar olsa da, eylemlerinin sonrası farklıydı. Sanki yolları ayrılmış gibiydi. Kadın bekârlık hayatını bir kenara bırakıp bir aile hayatı kurmak istiyordu; ama Gogramme'nin başka niyetleri vardı. O, anlık sapmalarına rağmen bekâr hayatına devam etmek istiyordu. Bu yüzden anlaşamadılar.

"Onun için bu, sade yaşamından ilk sapışıydı. Hamile olduğunu öğrendiğinde görüşünü değiştirdi ve basit bir ev kadını olmak istedi. Gogramme pişmanlık içindeydi, bekârlık yemininden saptığı için üzülüyordu ve onu baştan çıkardığı için Muerra'ya kızgındı. Kararlıydı: onunla herhangi bir bağlantı kurmak istemiyordu, çünkü o zamana kadar ona öğretebileceği tüm gizli güçleri öğrenmişti. Muerra'nın ona cephaneliğindeki her şeyi öğrettiğini biliyordu. Zihninde ona karşı beslediği o yumuşak köşe artık orada değildi.

"Ama Muerra'nın, onun kararlı tutumundan vazgeçip kendisine geri dönmesi, onunla karı koca gibi yaşaması yönünde gerçek bir beklentisi vardı. Bu isteğinin nedeni, rahmindeki ceninin Gogramme'ye ait olduğunu açıkça bilmesiydi. Bu sadece hamile bir kadının fantezisi miydi ve hiç gerçekleşecek miydi? Gogramme ona dokunan, onunla sevişen ve onu hamile bırakan tek kişi olduğuna göre, sorumluluğu üstlenmeli ve çocuğun babası statüsünü üstlenmeliydi. Kadının bu görüşü için her türlü haklı gerekçesi vardı ama Gogramme aynı fikirde değildi.

"Gogramme'ın onu reddetmek için aklında her türlü neden vardı. Bunlar ilk hatayı kimin yaptığı etrafında dönüyordu. Ona herhangi bir şekilde yakınlaşmak için değil, sadece gizli güçleri ve kara büyüyü öğrenmek için yaklaşmıştı. Ve bu amaca ulaşmak için, onunla tanışana kadar olduğu gibi bekâr olmalıydı. Onunla tanıştıktan ve mesleği öğrenmeye başladıktan sonra bile tek amacına odaklanmıştı: gizli güçlerin ve kara büyünün sırlarını öğrenmek. Böylece tek amacı, uzun bir süre boyunca yaptığı sıkı çalışmalarla kazandığı irade gücüne yenilerini ekleyerek bir süper güç haline gelmekti. Başka bir şey hayal edemezdi. Ve şimdi bu hanımefendinin tamamen bağlamından kopuk aşk teklifleri sadece kendisini değil, onu da hataya düşürmüştü! Her açıdan hatalıydı. Bunlar Gogramme'nin ona kusur bulması için sebeplerdi."

Sonra bir gün, Muerra ve çocuğun cesetleri kabile halkı tarafından ormandaki bir derenin kıyısında görüldü. Ancak Gogramme'ye büyük saygı duydukları için onu sorgulamaktan korkmuşlar. Artık hikâye tamamen unutulmuştu. Ama dedikodulara göre suçlu Gogramme'ydi.

"Şimdi onun yaşadığı evde kim yaşıyor?" diye sordu Ozan. "Artık kullanılmıyor," dedi kabile üyesi.

"Peki hâlâ istek üzerine gizli güçler öğretiyor mu?" diye umutla sordu Ozan, ezoterik güçlere olan sonsuz tutkusunu ifade ederek. Gizli güçleri, kara büyüyü ve bunlarla bağlantılı hileleri öğrenmek istemesinin nedeni buydu. Hem irade gücünü hem de gizli güçleri, kara büyüyü ve bunların müttefiki olan hileleri kazanmış, nihai güce sahip bir adam olarak tanınmak istiyordu.

"Gogramme sadece gizli güçleri ve kara büyüsü konusunda bir usta," diye düşündü Ozan. "Ama ben iradem geliştirdim ve bunu uygulayabilirim. Eğer ben de gizli güçleri öğrenebilseydim, o zaman süper güçleri olan bu adamların hepsinden üstün olurdum. O zaman tüm dünya ayaklarımın altında olurdu, tıpkı bulunduğum tepeden aşağıya baktığımda hissettiğim gibi!"

Ozan'ın gizli güçlere ve kara büyüye duyduğu hayranlık bir çılgınlığa dönüştü. "Gogramme'den öğreneceğim numaraları kimseye öğretmeyeceğim," dedi kendi kendine. Sonra kendi aklı, orantısız düşüncelerine meydan okurcasına misilleme yaptı. Aklı, yeni numaralar öğrenme ve nihai güce sahip bir süper güç olma hırsının, dinlenmekte olan bir zihnin normal, makul düşüncelerini boğduğunu görebiliyordu.

Mantıklı zihni onu sorgulamaya başladı. "Gogramme'den nasıl yeni numaralar öğrenebilirsin? Şimdiye kadar onunla bir kez bile karşılaşmadın. Ve henüz öğrenmediğin numaraları başkasına öğreteceğini nereden bilebilirsin? Ya Gogramme sana öğretmeyi reddederse...? Öğrendiğiniz numaraları başkalarına öğretmeme kararını almadan önce tüm bunların gerçekleşmesi gerekiyor. Önce Gogramme'nin size öğretmesi için onay almalısınız. Sonra hepsini öğrenmek zorundasınız ki bu kolay bir iş değil. Ve ancak bu olaylar gerçekleştikten sonra pratik yapmaya başlayabilirsiniz. Senin sorunun, ileriyi düşünmen ve bu yüzden çok erken kararlar alman." Onu ileriyi düşünmeye iten şey hayaliydi.

Aklının tavsiyesi gözlerini gerçeğe açtı ve onayını almak için Gogramme ile buluşmak için acele etti. Kendisine genellikle yabani kökler ve meyveler getiren kabile üyesi Palan'a onu Gogramme'ye götürüp götüremeyeceğini sordu. Palan bunu yapmaktan mutluluk duydu. Aslında, Gogramme ve Ozan ruhani güçlere sahip oldukları için, batıl inançlarla yaşayan ilkel, cahil insanlar olan kabile üyeleri tarafından huşu ve saygıyla karşılanıyorlardı. Doğaüstü güçlerle ilgili hikayelere kolayca kapılıyorlardı. Büyücülüğün ve hayaletler gibi kötü niyetli ruhların ve onların şeytani güçlerinin insanı yok edebileceğine inanırlardı. Bazı kuşları, varlıkları insanlara büyü yapabilen kötü ruhlarla tanımlayabiliyorlardı; ancak varlıklarının neden olduğu kötülükleri önlemek için iyileştirici ilaçları vardı.

Bir keresinde Palan, evinin yakınındaki bir jackfruit ağacında Pullu adında bir kuşun nasıl belirdiğini anlattı. Yeni doğan bebeği pencerenin yanındaki karyolada uyuyormuş. Palan pencerenin dışında oturuyor, kötü niyetli kuşların pencereden eve girip çocuğa kötülük getirme ihtimaline karşı bebeği koruyordu. Tetikteydi. Sonra kuşun korkunç ulumasını duydu. Kuş kısa sürede tünediği daldan fırlamış, pencereden eve girmiş ve çocuğa doğru uçmuş. Ama Palan'ın uyanık gözlerinden kaçamadı, ani bir refleksle kuşu yakaladı, sıkarak öldürdü ve dışarı fırlattı. Ancak kuşun ışıldayan şeytani gücünün kötü etkisinin çocuğa bulaşmasını engelleyemedi. Çocuk şiddetli ateşlendi ve ertesi gün öldü.

Bir başka batıl inanç da aile üyelerinden birinin ölümünden kaynaklanan ateşle ilgiliydi. Bu deneyimi yaşayan kişi Painkilee idi. Karısı Nellakkili çiçek hastalığından ölmüştü. Son ayinini yaptığı sırada oğlu Chathan baygınlık geçirmiş ve o da vefat etmişti. Bu kabile insanları arasında yaygın olan söylenti şuydu: "Ölüm başka bir ölümü getirir!" ve anlatacak sayısız hikayeleri vardı. Bu hikayeler dış dünya için inanılmaz olsa da, kendileri bu tür inançlara bağlıydılar. Ozan'a, onun ve Gogramme gibi insanları sevdiklerini söylediler, çünkü etraflarını saran ve onlara kötülük dileyen kötü unsurları savuşturmak için doğaüstü güçlere sahip olduklarına inanıyorlardı. Bu yüzden Ozan'ı Gogramme'ye götürmeye hazırdılar.

Kısa bir süre sonra bir gün Ozan, Gogramme ile ormanın uzak bir köşesinde bulunan evinde buluşmak üzere yola çıktı. Kabile halkı, dağlık bölgelerin iniş çıkışlarına alışık olmayan birini götürmek zorunda kaldıklarında her zaman yaptıkları gibi onu omuzlarında taşımayı teklif etti. Ozan bu teklifi reddetti. Böylece hep birlikte yürüdüler ve yol boyunca konuştular. Kötü ruhların hikayeleri ve kabile halkı üzerinde yarattıkları tahribat, konuşmalarının konusunu oluşturdu.

Gogramme, Ozan'ın beklentilerinin aksine hoş bir adamdı. Okült güçleri olan ve kara büyü yapan bir adamın yüzünün, Ozan'ın izleniminde olduğu gibi hortlak gibi olması beklenebilirdi. Ancak ekip Gogramme'nin evine ulaştığında, kabile halkı büyük buluşmayı izlemek için neşe içinde etrafta toplandı: biri okült güçlere, diğeri irade gücüne sahip iki süper adamın buluşması. Kabile halkı için her ikisi de hayatlarındaki kötü ruhlardan kurtarıcılarıydı.

Bir süre konuştuktan sonra Ozan, Gogramme'den kendisine okült güçlerini göstermesini istedi. Gogramme bunu seve seve yerine getirdi, çünkü ne zaman fırsat bulsa gizli güçlerini ve kara büyüsünü sergilemekten büyük gurur duyuyordu. Ozan'ın varlığı, özellikle de Ozan ondan bunları göstermesini istediğinde, gösteriş yapması için altın bir fırsat gibi görünüyordu.

Gogramme bazı jestler gösterdi. Orada toplanmış olan kabile halkı bir daire oluşturmak için hareket etti. Etrafta bir rüzgâr esmeye başladı ve bir şarkının melodik tınılarını getirdi. Bir davul yavaş bir ritimle çalmaya başladı. Kimse bu nağmelerin nereden geldiğini ya da davulcunun kim olduğunu bilmiyordu, bu yüzden Ozan

Gogramme'ye sordu. Ama cevap olarak gülümsedi ve sakinliğini korudu. Kabile halkı yavaş adımlarla başlayarak dairesel bir diziliş yaptı. Sonra müzik daha yüksek sesle, yine yavaş bir ritimle geldi. Sonra gittikçe hızlandı. Kabile halkı da müzik oldukça rapsodik bir ritme ulaşana kadar daha hızlı dans etti. Sonra kuş cıvıltıları duyuldu. Gittikçe yaklaştılar ve çok geçmeden sayısız renk ve şekilde kuşlar ortaya çıktı. Hepsi yakındaki ağaçların dallarına tünedi, sonra havalanıp kabile halkının üzerinde sanki onlar için bir gölgelik yapıyormuş gibi süzüldüler. Aniden ortadan kayboldular ve yerlerini yarasalar aldı. Çıkardıkları ses korkunçtu. Önce yavaşça, sonra daha hızlı ve daha hızlı kanat çırptılar, ta ki onlar da kaybolana kadar. Sonra boyunlarında kafa derileri asılı on adam belirdi ve onlar da gözden kaybolana kadar gururla bunları sergilediler. Sonunda dans eden kabile üyeleri kenara çekildi ve önlerinde sönen ateşi, gösterinin sonunu izlediler.

Tüm gösteri, Gogramme tarafından koreografisi yapılmış gibi bir saat sürdükten sonra sona erdi. Yerde ateşin izi bile yoktu, ateşten solmuş ya da kurumuş ot yoktu. Etraftaki tüm kabile halkı hayretler içinde kalmıştı. İşin püf noktası, dans ettiklerini hiç hissetmemiş olmalarıydı. Ozan kuşların, ateşin, davulun ve şarkının melodilerini getiren rüzgârın nereye gittiğini merak etti. Okült dersleri başladığında Gogramme'ye sormak üzere şüphelerini aklında tuttu. O günkü başarı sona ermişti. Gogramme, Ozan'ın gösterisinden çok etkilendiğini biliyordu.

Derslerin başlaması için iki gün sonraya bir gün belirlendi. Buluştular ve yüz yüze yere çömeldiler. Dersler başlamadan önce Ozan, irade gücü, gizli güç ve kara büyü arasındaki farkları ve temelleri öğrenmeye meraklıydı. Ozanın aklından geçenlerden habersiz olan Gogramme söze başladı: "Benim size öğretme yöntemim derslerin pratik yönleriyle doğrudan ilgilenmek değil. Bu ders bir giriş dersi. Size okült güçlerin ne olduğunu ve nereden geldiklerini öğretiyor. Ayrıca zihninizin bunlarda nasıl bir rol oynaması gerektiğini de. Bana ilk şüphelerinizi birbiri ardına sormalısınız." Sonra Gogramme bekledi ve Ozan başladı...

Ozan açılış sorusu olarak "Gizli güç ve kara büyü Tanrısal mıdır?" diye sordu ve Gogramme'ye daha fazlasının yolda olduğunu işaret etti.

"Hayır, gizli güç ve kara büyü dünyevidir," diye cevap verdi Gogramme, sanki Ozan'dan daha bilgiliymiş gibi davranarak.

"Gücünü aldığın kaynak hangisi?" diye sordu Ozan.

"Dünyanın dört yönünden geliyor: Doğu, Batı, Güney ve Kuzey," diye yanıtladı Gogramme.

Ozan, "Gücü üretirken her yön bağımsız olarak mı çalışıyor?" diye sordu. Gogramme, "Hayır, gücü üretmek için dört yönün ortak bir eylemi var," diye yanıtladı.

"Gücün insan zihniyle ne ilgisi var?" diye sordu Ozan.

"İrade söz konusu olduğunda, zihin bir güç üreticisi olarak hareket eder. Yani içten gelen bir güçtür. Ancak gizli güç ve kara büyü söz konusu olduğunda, zihnin oynadığı rol bir batarya rolüdür," dedi Gogramme.

"Lütfen biraz daha açar mısınız?" diye sordu Ozan.

"Gizli güç ve kara büyü insan zihninin dışından üretilir ama insan zihninde depolanır. Tıpkı pilin güç üretmediği ama içinde güç depolanabildiği gibi, zihin de gizli güç ve kara büyü üretmez ama dışarıdan üretilen güç zihinde depolanır. Ancak irade söz konusu olduğunda, zihin bunu ciddi ve sistematik meditasyon yoluyla içeriden üretir," diyerek Gogramme Ozan'ı tatmin etti. "Gizli güç ve kara büyü meditasyon yoluyla elde edilen iradeden daha mı üstündür?" diye sordu Ozan.

"Gizli güç ve kara büyü daha yüksek bir bilincin parçasıdır. Eğer okültist isterse illüzyonlar yaratabilirler. Bu şekilde insanların doğaüstü güçlerini merak etmelerini sağlar. Altıncı hissin sınırındadırlar. Anatomik olarak beyindeki epifiz bezinin altıncı hissi ve diğer paranormal yetenekleri artırdığı söylenir. Gizli telepati denen bir şey aracılığıyla zihin okuma mümkündür. Yani bir okültistin vizyonundan hiçbir şey saklanamaz," diye açıkladı Gogramme.

"Bir ahlakçının bakış açısıyla gizli güç, kara büyü ve irade gücü hakkında ne söyleyebilirsiniz?" diye sordu Ozan.

"Bir ahlakçının bakış açısına göre gizli güç ve kara büyünün irade gücünün biraz altında olduğunu söylemeye gerek yok. Ancak irade gücünden daha fazla mucize yaratabilir," diye itiraf etti Gogramme.

Ardından eğitim dersleri ciddiyetle başladı. Gogramme, Ozan'ı öğreneceklerine alıştırmak için ona giriş niteliğinde bazı sözler söyledi. "Kara büyü vs. yaptığımda, izleyenlere olan şey, mistik deneyimlerinin içinde fiziksel gerçekliklerinin kaybolmasıdır. Bu bir beden dışı deneyimdir. Bir tür trans halindedirler," diye açıklıyor Gogramme.

Daha sonra Gogramme, ona püf noktalarını öğretmenin bir parçası olarak Ozan'ı ormanın iç kısımlarında bir gezintiye çıkardı. İlk dersi kuşların cıvıltılarını tanımlamaktı. Ancak Ozan'a cıvıltılar, ayırt edilemeyen kuş seslerinden oluşan tam bir kakofoni gibi geliyordu.

"Dikkatini her kuşun çıkardığı sese odaklamalısın. Bu senin ilk dersin," dedi Gogramme.

"Ama tek bir kuşun sesine odaklanamıyorum ki!" diye yakındı Ozan hayal kırıklığı içinde.

"Sana bir kompakt disk vereceğim," diye cevapladı öğretmeni, "içinde cıvıl cıvıl öten, ötüşen ve davul çalan kuşların farklı çığlıkları ve bunlara karşılık gelen isimler var. Her birinin sesini tanımlamalısın, kuşların karşılık gelen isimlerini parmak uçlarında tutmalısın. Bu kolay bir şey değil. CD'yi sayısız kez çalmanız gerekiyor. Her kuşu ona karşılık gelen sesle ilişkilendirmelisiniz. Bu uygulamayı tamamladığınızda, bundan keyif alacaksınız; odaklanmanız kusursuz olacak. Ondan sonra bir sonraki adıma geçebilirsiniz," dedi Gogramme.

Sonra, sonradan aklına gelmiş gibi devam etti. "Bu senin ilk dersin. Görünüşe göre bugün odaklanma gücünü elde etmek istiyorsun. Bu sürekli pratik gerektirir. Sandığınız gibi bir günlük bir iş değil. Odaklanma gücünüzü elde etmek için sizin açınızdan azami cesaret ve uygulama gerektirir. Bu güç sizin içinizdedir ve her insanda da böyledir. Sadece onu harekete geçirmeniz gerekir. Ama aynı zamanda bir tür eleme sürecinden de geçmeniz gerekir. Odaklanma pratiği yaptığınızda, belirli bir kuşun sesine odaklanmanız gerekir. Benzer şekilde okült ve kara büyüde de buna sinyal denir. "Sinyal" kelimesi burada genelleştirilmiş bir şekilde kullanılmamaktadır.

Sinyal odaklandığınız ses anlamına gelir. Belirli bir kuşun sesine odaklandığınızda, bu sizin için bir sinyaldir ve o kuşun sesinin tınısına konsantre olmanız gerekir. Geri kalan sesler istenmeyen seslerdir, bu yüzden onlara gürültü denir. Odaklanmanızın konusu olmayan şeylere gürültü denir. Odaklanmanıza konu olan şey ise sizin için bir sinyaldir," diye tekrarladı Gogramme.

Onun bu açıklaması Ozan'ın merakını uyandırdı. Sonra kulaklarında belirginleşen bir uğultu ve bir ıslık sesi duydu. Her ikisinin de kendisine verilen sinyaller olduğunu hissetti. Kafası karışmıştı. Kafa karışıklığından kurtulmak istiyordu. Bu yüzden dayanamayıp Gogramme'ye sordu: "Şimdi söyle bana, hangi ses bana bir işaret? Kafam karıştı."

"İkisinden odaklanmak istediğin ses senin için sinyal, diğeri ise gürültü," diye tekrarladı Gogramme.

Sonraki günler Ozan'a pratik yapması için verildi, ta ki bir hafta sonra ikinci ders gelene kadar. İlk kuşun uğultusu duyulduğunda Gogramme ve Ozan hazırdı.

"Kuşu tanımla," diye sordu Gogramme.

"Bu bir mavi kuş," dedi Ozan. Gogramme başını sallayarak Ozan'ın haklı olduğunu gösterdi. Bu alıştırma bir ay boyunca devam etti ve sonunda eğitim sona erdi. Gogramme'nin Ozan'ın sayısız kuş sesini ve ilgili kuşları tanımlama yeteneğini test etme zamanı gelmişti. Gogramme Ozan'ı sabah erkenden ormana götürdü. Onun gelişimini değerlendirmek istiyordu. Gogramme'nin sabahın erken saatlerini seçmesinin bir tür anlamı vardı. Kuşları çığlıklarından tanımak için en zor zamandı. Ormanın atmosferi çeşitli kuş sesleriyle gürültülüydü. Sınırlı deneyime sahip bir acemi, sesleri doğru tanımlamakta zorlanabilirdi. Ormana yaklaştıklarında ve içeri girmek üzereyken, erken gelen kuşların kakofonisi duyuldu. Aralıklı olarak yağan kuş damlalarından korunmak için kendilerini güvenli bir yere konumlandırdılar.

Ozan bir gülme sesine odaklandı. "Oh! Bu gülen bir ördek!" Ozan onu teşhis etti. Gogramme onu onayladı ve mutlu oldu.

İlerledikçe yine bir uğultu duydular. "Bu yine mavi kuşun sesi," diye tanımladı Ozan ve Gogramme'ye baktı, o da başıyla onayladı.

Sonra bir davul sesi duydular; Ozan bu sesi ağaçkakan sesi olarak tanımladı ve Gogramme de onayladı. Ardından bir trompet sesi duyuldu ve bu sesin bir boynuzgagaya ait olduğu anlaşıldı. Bir sonraki ses, Ozan'ın bir baykuş sesi olarak tanımladığı ve doğru olan bir şaklama sesiydi. Farklı kuşlar tarafından üretilen farklı sesler boyunca tüm tanımlamaları doğru yaptı. Gogramme mutluydu!

Daha sonra Ozan'a avucunu garip bir şekil oluşturacak şekilde bükmek gibi bazı garip hareketleri sırayla gösterdi.

"Bana bu jestin karşılık gelen etkisinin ne olduğunu söyleyin?" Gogramme sordu. Yüzü garip bir şekilde korkutucu bir ifadeye bürünmüştü. Ozan, "Birdenbire, nereden geldiği belli olmayan bir alev yaratmak," diye yanıtladı. Gogramme mutlu olmuştu.

Sonra kolunu dalga şeklinde hareket ettirerek başka bir jest yaptı. "Bunun etkisi nedir?" diye sordu Gogramme. "Bir şimşek yanılsaması yaratmak için," diye yanıtladı

Ozan. "Bu sana ne anlatıyor?" Gogramme parmaklarını çaprazladı ve bir çıt sesi çıkardı.

"Bu dans eden iskeletlerin işareti," diye yanıtladı Ozan.

Gogramme ellerini belirli bir şekilde havada salladı ve "Bu ne anlama geliyor?" diye sordu. "Bir tufan yanılsaması yaratmak için." Ozan hareketi doğru olarak tanımladı.

"Sel yanılsaması yaratıldığında, bunun işareti olarak ne duyarsınız?" Gogramme başka bir soru olarak sordu. "Düşen suyun hışırtısını ve akan gelgitlerin ağır gürültüsünü!" diye yanıtladı Ozan. Gogramme her zaman Ozan'ın yanındaydı.

"Şimdi, öğrendiklerine göre, bir sonraki başarım ne olacak?" diye sordu Gogramme. "Onlar maddi olmayan illüzyonlardır." Ozan'ın cevabı, kendisine öğretilen numaraların sırasını veya düzenini çok iyi bildiğini gösteriyordu.

Çok geçmeden Gogramme ortalıkta görünmez oldu. Sadece sesinin duyulabileceği şekilde ortalıkta görünmüyor, büyülü sözler okuyordu. Ozan, Gogramme'nin ne yapacağını önceden söylemek zorundaydı. Ozan'ın gizli güçler ve kara büyü konusundaki eğitimi çok ağırdı ve testler de asit testleriydi. Ama o rolünü iyi oynadı ve Gogramme öğrencisinden memnundu.

Kursun tamamlanması toplamda altı ay sürdü. Sonra Gogramme ona, Ozan'ın eğitiminin sona erdiğine işaret eden bir ziyafet düzenlendiğini söyledi. Tüm kabile halkı davetliydi. Yiyecekler yabani köklerden ve meyvelerden yapılmış, özellikle lezzetli bir şekilde pişirilmişti. Hepsi yemeğin tadını çıkarmış.

Ardından Ozan'ın öğrendiği hünerleri birbiri ardına sergilemesi için son sınav geldi. "Size öğrettiğim sırayla gösterin marifetlerinizi!" dedi Gogramme.

Ozan hazırdı. Ateş ve akan su illüzyonu yarattı. İskeletleri dans ettirdi. Kafa derileri belirdi ve sonra ortadan kayboldu. Bir baykuş cisimleşti ve yere düştü; tek gözü vardı. Sırada tuhaf bir numara vardı: bir hortlağın hayalet olarak geri dönmesi. Sonra Ozan etrafta toplanan herkesi transa soktu; bu yöndeki komutunu duyduklarında uyandılar. Sonra kendini yok etti ve sadece onun komutu diğerleri tarafından duyulabildi. Sonunda Ozan, Gogramme'yi son derece memnun edecek şekilde tüm becerilerini başarıyla gerçekleştirmişti. Gün batımına yaklaşırken gece için dağıldılar.

Ertesi gün Gogramme Ozan'a kuş işaretlerinin alametlerini öğretti. "Mavi kuş yoksulluğa işaret eder ve başının etrafında ya da üzerinde uçan bir karga tehlikeye işaret eder. Bir albatros ölülerin ruhlarını taşır. Geceleri evin etrafında uçan baykuşlar ölüme işaret eder, kuzgunlar da öyle; onlar insanlara kötülük dileyen kötü ruhların taşıyıcılarıdır." Tüm bu açıklamalar Ozan'ı zararlı doğaüstü deneyimlere ve bunların insanlar üzerindeki kötü sonuçlarına alıştırmak içindi.

"Kötü ruhların insanlara nasıl felaket getirdiğini biliyor musun?" Gogramme sordu. "Bilmiyorum," diye cevap verdi Ozan masumca.

"Bu kötü ruhlar negatif enerjinin taşıyıcılarıdır," diye yanıtladı Gogramme. "İnsanların üzerinde olumsuz etki yapan negatif enerji gönderirler. Bu, insan hayatının normal ritmini bozar, insanların hayattaki meşru hesaplarını bozar ve hayatta acı ve sıkıntı çekmelerine neden olur. Başlarına felaketler gelir!"

"Neden insanlara kötülük dilemek zorundalar?" diye sordu Ozan büyük bir inançsızlıkla. "Bu bir tür al-ver meselesi," diye yanıtladı Gogramme.

"Nasıl oluyor bu?" diye sordu Ozan.

"Bir şey verirler ve bir şey geri alırlar. Demek istediğim bu," diye yanıtladı Gogramme. Ozan'a açıklamak üzere olduğu şeyi nasıl açıklayacağını düşünüyordu.

"Bana söyleyeceğin şeyi geciktiriyorsun gibi görünüyor. Bu bir çeşit lafı dolandırmak!" dedi Ozan. Ses tonu Gogramme'nin konuşmasından hafif bir hoşnutsuzluk duyduğunu gösteriyordu. Sonra Gogramme cevabı verdi. "Kötü ruhlar negatif enerji ile yüklüdür. Her zaman negatif enerjilerinin neden olduğu bir tür ıstırap içindedirler. Bu negatif enerjiyi insanlar üzerinde harcamak isterler" dedi.

"Neden insanları hedef almak zorundalar?" diye sordu Ozan merakla.

"İnsanlar farklı derecelerde pozitif enerjiye sahipler. Bu yüzden onları hedef alıyorlar," diye yanıtladı Gogramme. "Pozitif enerjiyi yeniden emebilecekleri her yerde negatif enerjilerini dışarı atmak istiyorlar. Bu yüzden insanları hedef alırlar, çünkü onlar kötü ruhların pozitif enerjiyi kullanabilecekleri taze otlaklardır."

"Peki kötü ruhlar kendilerine doğal olarak bahşedilen negatif enerjilerini neden harcamak zorundadır? Doğaya karşı gelmek istedikleri için mi?" diye sordu Ozan.

"Hayır, negatif enerji taşıdıkları sürece acı çekerler. Ama bunu insanlar üzerinde harcadıklarında, onlardan aynı ölçüde pozitif enerjiyi geri alabilirler. Ve kötü ruhlar insanlardan ne kadar çok pozitif enerji çekerlerse, ıstırapları da o kadar azalır. Bu onları rahatlatır. Kötü ruhlar insanlardan ne kadar çok pozitif enerji çekerlerse, pozitif enerji kayıplarıyla orantılı olarak o kadar çok acı çekeceklerdir," dedi Gogramme.

"O halde bu illetin bir çaresi yok mu?" diye sordu Ozan.

"Evet, ben de sana bunu söyleyeceğim," dedi Gogramme. "Evinizin etrafına ebegümeci dikin. Çiçekler pozitif enerjiyle doludur. Eviniz bol miktarda pozitif enerji halesi tarafından korunacaktır. O zaman kötü niyetli ruhların ebegümeci bitkilerinin olduğu her yerde insanlardan enerji çekmesine gerek kalmayacak."

Ozan, "Ama evimi çevreleyen pozitif enerjiyi emmek isteyen kötü niyetli ruhlar evimi kuşatmaz mı?" diye sordu.

"Ben de ona geliyorum. Size bazı sihirli büyüler öğreteceğim. Evinin kuzeybatı köşesinde bir şömine yapmalısın. Sonra ateşe ebegümeci çiçekleri koymalısın. Yakında sıcakta solacaklar ve yanmaya başlayacaklar. Bu sırada size öğrettiğim büyülü sözleri hiç durmadan okumalısınız. Daha sonra şöminede mevsimsel değişiklikler yapmalısınız. Bu, rüzgârların mevsimsel yönlerine göre olmalıdır. Böylece rüzgarlar dumanı evinizden uzağa taşıyacak ve evinizin etrafındaki pozitif enerji halesinin etrafında bir dış çember oluşturacaktır. Bu arada, yanmış ebegümeci çiçeklerinin dumanı negatif enerji yayar ve kötü niyetli ruhları evinizin çevresinden bile uzak tutmanıza yardımcı olur. Kulağa inanılmaz mı geliyor? Ama inanmak zorundasınız.

"Unutmayın, gizli güçler ve kara büyü iki yönlüdür: insanlar için de felaketler yaratırlar ve bu felaketlerden korunmak için çareler vardır. Bu yüzden buna mistik bir bilim deniyor." Gogramme, Ozan'a kötü ruhların insanların refahı üzerinde nasıl olumsuz etki yaptığını açıkladı.

Ardından bir hafta boyunca Ozan'a bu kuşların kötü etkilerinin üstesinden nasıl gelineceği öğretildi. Bu ona dikkat etmesi için bir dersti. Gogramme ve Ozan bir ay boyunca ormanın derinliklerinde dolaştılar ve Gogramme ona kara büyünün farklı yönlerini öğretti: Sortilege, Enchantment, Devilry, Witchcraft, Wizardry, Theurgy veya Magic-supernaturalism ve insanlara nasıl büyü yapılacağı, bir düşmanın nasıl kazanılacağı, hayatını nasıl perişan edeceği, onu nasıl yok edeceği ve ona nasıl felaket getireceği. Tüm bunlar kara büyü ve büyücülüğün yıkıcı yönleridir.

Sonra insan kafa derisi, gulyabani kafalı korkunç şekilli kuşlar, korkunç, tuhaf, gürültülü melodilerle dans eden iskeletler, şeytani bağırışlar, durmaksızın inatçı havlamalar, etraftan gelen yüksek sesli çığlıklar, kahkahalar ve ulumalar gibi korkunç şeylerin ortaya çıkması veya kaybolması hilesi, herkesin kalbinin korkudan ağır bir şekilde çarpmasına neden olur. Sonra bilinmeyen bir kaynaktan, sanki her şeyi yok ediyormuş gibi, ama şaşırtıcı bir anilikle sona eren ateş ortaya çıkıyordu. Garip bir mistik şekilde, hiçbir iz bırakmadan ateş sona ererdi.

Eğitim sırasında Gogramme Ozan'a büyülü sözler içeren bir kitap verdi ve ezberlemesini istedi. Bu, Ozan'ın gizli güçler ve kara büyü uygulamaları konusundaki eğitiminin son adımıydı. Bir stajyer olarak Ozan eğitimini başarıyla tamamlamış ve tüm bu becerileri profesyonel bir ustalıkla gerçekleştirmekte ustalaşmıştı. İstediği zaman istediği kişiyi transa geçirebiliyordu. Gogramme de mutluydu.

Bölüm 5

Julie, annesi Romula'nın biricik çocuğuydu. Lizbon'da yaşıyorlardı. Boşanmış olan Romula yakınlardaki bir okulda yüksek lisans öğretmeniydi ve maaşı anne ve çocuğunun rahat yaşamasına yetiyordu. O ve kocası Robin, evliliklerinden sadece bir ay sonra Lizbon'daki bir mahkemede geçimsizlik nedeniyle boşanmışlardı. Romula bu bir aylık süre zarfında hamile kalmış olsa da, ayrılıkları hamileliğinin fark edilmesinden önce gerçekleşmişti. Julie, doğumundan önce olması dışında, anne ve babasının ayrılık tarihini tam olarak bilmiyordu. Yani Julie babasını hiç görmemişti; annesinin de babasının nerede olduğu hakkında hiçbir fikri yoktu. Şaşırtıcı bir şekilde, bu tür düşünceler onu hiç rahatsız etmemişti, sanki ondan temizlenmiş gibiydi. Ve böyle olmak için çok özel nedenleri vardı.

Julie, sorularını yanıtlayan ve ihtiyaçlarını özenle karşılayan annesiyle mutlu bir hayat yaşıyordu. Çocukken Julie'nin düşünceleri sınırlıydı, bilgisi sınırlıydı ve anlayışı da sınırlıydı. O zamanlar günleri Romula'yı sık sık güldüren muzip şakalarla geçiyordu ve Julie için tüm bu günler neşeli günlerdi. Romula geçmişteki kanlı evlilik deneyimlerini unutmak istiyordu ve şimdi de mutluydu, çünkü içinde kötü düşünceler uyandıracak ve hesap vereceği kimse yoktu. Ancak zaman zaman benzer bir durumun gelecekteki mutluluğunu tekrar gölgelemesinden endişe ediyordu, özellikle de kızı büyüdüğünde...

Julie'nin bebekliği mutlu geçmesine rağmen, annesinin özel ilgisini gerektiren bir dizi rahatsızlığı vardı. Bu, Romula'nın geçmişi hakkında kara kara düşünecek zamanı olmadığı anlamına geliyordu ki bu da bir nimetti. Julie soğuk algınlığı ve ateşten muzdaripti, sonra kabakulak ve sarılık geçirdi. Bu hastalıkları atlattı ama çocukluk dönemini atlattıktan sonra bile annesinin ona karşı aşırı korumacı davranmasına neden oldular. Ama annesinin onunla aşırı ilgilenmesinden hoşlanmıyordu. Örneğin, kış geldiğinde Julie yırtık pırtık, açık mavi bir kot pantolonun üzerine koyu renk yün bir kazak giymeyi ve slip-on ayakkabılar giymeyi severdi, ancak annesi kırılgan vücudunun üşümesini önlemek için kapüşonlu sentetik bir ceket giymesi konusunda ısrar etti. Hiç mırıldanmadan itaat etmek zorunda kaldı.

Çocukluğundan beri annesi onu yakındaki Dee adlı dereye götürür, ona tepelerin ve ağaçların altındaki derenin bitmek bilmeyen dalgalarının Tanrı'nın yarattıkları olarak güzelliğini gösterirdi. Julie, annesinin ona doğanın bu yüce özellikleri hakkında anlattıklarını izledi ve dinledi. Bir çocuğun muzip gözleriyle bu manzaraların tadını çıkardı.

Julie ergenlik çağına ulaştığında, doğal olarak annesinin tutumu değişti. O zaman genç kızın zihnini ilahi düşüncelerle donatmak daha ilham vericiydi! Julie artık onun değerli çocuğu değil, yetişkin kızıydı. Romula, kızına Tanrı'nın insan yaşamındaki önemini aşılamak için uygun zaman olduğunu düşündü: erdemli bir yaşam sürmesine yardımcı olmak için erdemler ve manevi sevgi mirası.

Ama Julie'nin düşünceleri sık sık dereye dönüyordu. Ona çok şey borçlu olduğunu düşünüyordu, çünkü dere ona doğanın dünyadaki tüm canlılara neler verebileceğini öğretmişti. Bunun duyusal aşkın mirasından başka bir şey olmadığından emindi. Sık sık duyusal sevgiyi tamamen kapsamlı ve inançlara dayalı karanlık ve gizemli ruhani sevgiden çok daha gerçek olarak hayal ederdi. Ne zaman kıyısında bulunsa, yaprakların hışırtısı ve akan su aracılığıyla onunla sevgiyle konuşuyordu. Bunun sevginin dili olduğunu fark etti. Dere, sanki karşılığında onun sevgisini istiyormuş gibi, bu dil aracılığıyla onu kandırıyordu. Julie her zaman doğayı, sakinleri için sevgiyle dolup taşan geniş bir rezervuar olarak düşünmüştü ve bu sevgiye karşılık vermek onların göreviydi.

Annesi onun Tanrısal yolları izlemesini istiyordu. Tanrı'nın sevgisine dair pek çok ruhani hikayeyle ona ilham verdi ve onun Tanrı'nın gelini olmasını istedi. Bir keresinde Julie'ye gördüğü bir rüyayı anlatmıştı. Bu rüya, cennette tertemiz bir çiçeğin görüntüsüydü ve melekler çiçeğin ihtişamını söylüyorlardı. Çiçek güneşin parıltısına bakarken, parıltı gökyüzünün ortasına doğru hareket ediyor gibiydi. Sonra parıltı batıya doğru hareket etti ve bir süre turuncu bir renk alarak gözden kayboldu. Bu fenomenin gün batımını simgelediğini fark etti. Ama şaşırtıcı bir şekilde hava kararmadı. Çiçek hala parlıyordu ve melekler şarkı söylemeye devam ediyordu, ta ki bir süre daha uzaktan ışık saçan bir hale görene ve o da gözden kaybolana kadar. Tüm bunların bir rüya olduğunu fark etti. Ama bu şekilde bırakamazdı. Bazı sorular aklını kurcalıyor, düşüncelerini besliyordu. Çiçek neden gün batımından sonra bile parlıyordu? Diğer parıltı neden gün batımından sonra ortaya çıkmıştı? Bir görünüp bir kaybolan hale neydi? Melekler neden çiçeğin ihtişamını söylüyordu? Bunun sadece bir rüya olmadığını fark etti. Anlamsız bir yanılsama da değildi. Tanrı'dan kendisine gelen önemli bir mesajın izini sürebilirdi. Gün batımı, parlayan çiçek fenomeni, meleklerin şarkı söylemesi, halenin parlaması ve gözden kaybolması doğal olmayan fenomenlerdi. Romula bir tür trans halinde olduğunu düşündü. Birdenbire zihni sezgiye dönüştü ve olayı açıklayabildi. Ona göre, gün batımı insan yaşamındaki ölümü simgeliyordu; çiçeğin parıltısı kendi sadeliğini ve saflığını simgeliyordu; meleklerin şarkı söylemesi ve gün batımından sonra bile ışıldayan halenin görülmesi, ölümden sonra Tanrı'daki yaşamını simgeliyordu. Rüyasının altında yatan mesajı yorumlayabilmesi Romula için yeni bir deneyimdi. Bu, hayatında ilk kez zihninin sezgisel güçlerinin bir kanıtıydı. Çok geçmeden Tanrı'nın sessiz mesajlarının zihnin bu tür sezgisel duyguları aracılığıyla açıklandığını fark etti. Tanrı'nın mesajını açıklayabildiğini gördükçe kendini mutlu ve hoşnut hissetti. Sade uygulamalarının sonunda zihnini, bir müminin Tanrı'yı ve O'nun istek ve mesajlarını anlamasının tek yolu olan sezgi seviyesine getirdiğini fark etti. Bu farkındalık Romula'ya Tanrı'da olduğuna dair ender rastlanan türden gelişmiş bir duygu getirdi. Fazlasıyla ödüllendirildiğini hissetti!

Bölüm 6

Bir gün Julie dışarı çıkıyordu. Sade elbisesi içinde çok güzel görünüyordu. Romula onu dikkatle izliyor, kızının kendisinin o yaşlarda olduğundan daha güzel bir kız olduğunu düşünüyordu. Kızının gülümsemesinin güzel ve büyüleyici olduğunu, onun yaşındaki herhangi bir genci kendine aşık edebileceğini düşündü. Evlenme teklifleri yağdıran genç erkeklerden endişe duyuyordu. Ama kızının güzelliğinin Tanrı vergisinden başka bir şey olmadığını biliyordu.

Annesinin değerlendirmesine göre, kızı disiplinli bir kızdı ve zihni de aynı derecede disiplinliydi. Çalışmalarının bir parçası olduğu gibi, olumlu düşüncelerle ciddiydi. Ciddi bir amacı, ciddi bir hedefi, ulaşılması gereken ciddi bir hedefi vardı! Bu yüzden aklına saçma sapan düşüncelerin girmesine yer yoktu. Bu nedenle, çoğu gencin aksine, Julie zamanını aynaya bakarak, genç erkeklerin zihninde karasevdaya neden olan, büyüleyici olarak adlandırılabilecek belirli bir gülümseme türünü bulmak için ifadeler deneyerek geçirmedi.

Ama annesi bu riski takıntı haline getirmişti. Eskilerin "Güzellik bakanın gözündedir" sözüne inanıyordu, bu yüzden Julie'nin gülümsemesinin, kendisi istemese de izleyenler tarafından baştan çıkarıcı olarak yorumlanabileceğinden endişe ediyordu. Julie aynaya bakarak pratik yapmamıştı, çok ciddi bir zihni vardı. Onunki doğal bir gülümsemeydi, Tanrı vergisiydi ve doğuştan geliyordu. Dolayısıyla, eğer izleyenler bunu büyüleyici olarak yorumluyorlarsa, bu onların gülümsemesiyle ilgili kendi görüşleriydi. Ama Julie'nin gülümsemesinin güzelliği annesini kızının günlük davranışlarından daha çok endişelendiriyordu. Romula kendi evlenme ve kocasından boşanma kaderinin biricik kızının başına gelmemesini sağlamak istiyordu.

Romula acı dolu günlerini hatırlıyordu. Kızının bu şekilde acı çekmesini düşünemiyordu. Bu yüzden kızını bu tür hastalıklardan kurtarmanın kendi görevi olduğunu düşünüyordu. Romula olgunluğa eriştiğinde, evlenmesi için üzerinde nasıl büyük bir baskı olduğunu hatırlıyordu. Evleneceği adamın her bakımdan uygun bir bekar olması gerekiyordu. Ama onun tercihi Tanrı'da bir yaşamdı, bu yüzden evliliğe hazır değildi. Ama annesinin tavsiyesine uymak zorundaydı. En azından Julie'nin böyle bir duruma düşmeyecek olması bir teselliydi, çünkü evlilik için ona baskı yapacak tek kişi, eğer varsa, kendisiydi. Kızına hiç kimseyle evlenmesi için baskı yapmayacağına dair anında yemin etti.

Romula, adamla evlenmeyi reddettiği zaman annesinin verdiği öğüdü hatırladı: Annesi, "Onunla evlenmen Tanrı'nın isteğidir ve senin bunu reddetmen Tanrı'nın isteğine karşı bir harekettir," diye ısrar etmişti. Romula hayal kurmaya devam etti. "Eğer Tanrı Julie'nin belirli bir kişiyle evlenmesini istiyorsa, ben ne yapacağım? Kızıma böyle biriyle evlenmemesini nasıl tavsiye edebilirim?" Bu düşünce Romula'yı rahatsız etti: Tanrı'ya inanan biri olarak kaçınılmaz bir ikilem içindeydi.

Romula bu tür takıntıların ve uğursuz düşüncelerin kurbanı olurken. Julie, annesinin ilahiyata ve maneviyata karşı tutumunun bir bakıma kendi kendini inkârı olduğunu biliyordu; Romula, kanıtsız inançtan ziyade gerçeğe daha yakın olan bağımsız düşünme ve onun doğal bulguları yolunu seçmeyi reddediyordu.

Anne ve kızın görüşlerindeki farklılıklara rağmen, Romula'nın biricik kızına duyduğu anne sevgisi ve hoşgörüsü, onun tuhaf bir tür kararsız inadın kurbanı olduğunu fark etmesini sağladı: Romula hem inatçı hem de uysaldı. (Ona göre kızı kadar inatçı olamazdı.) Yine de Romula tamamen vazgeçemiyor ve kör inançlarına bağlı kalmaya devam etmek istiyordu. Bu onun aynı anda iki gemiyi birden yüzdürmesi gibiydi.

Bölüm 7

Julie büyüdükçe, görüşleri bağımsız bir şekilde, çevresindeki doğanın güzelliğine karşı bir tür romantik aşka dönüştü. Bunun bir genç için alışılmış bir şey olduğunu biliyordu. Tepeler, yemyeşil bitki örtüsü, dal ağlarıyla büyük ağaçlar, ince yaprak ve dallarıyla küçük ağaçlar, hepsi onun için ayrı bir çekiciliğe sahipti. Ağaçların dalları arasından baktığında, arka planda gökyüzünü görüyor ve bunların başına buyruk bir doğa aşığı olan bilinmeyen bir ressam tarafından gökyüzünün büyük tuvaline çizilmiş güzel resimler olduğunu hayal ediyordu. Ağaçların dallarının sallandığını ve derenin sularının hafif esintide dalgalanmalar oluşturduğunu fark etti. Bu hareketler ona ressamın hala işinin başında olduğunu ve manzarayı gittikçe daha canlı ve güzel hale getirdiğini düşündürdü. Sonra tüm bunların kendi fantezisi olduğunu düşündü. Düşüncelerine başka bir anlam yükleyemiyordu. Julie'nin tüm bunların arkasında bir ressam olduğunu düşündüğünü hisseden annesi, ona tüm yarattıklarının ilahi aşığı olan Tanrı'nın bunların arkasındaki ressam olduğunu söylediğinde ressama ilahilik atfetmek istedi.

Julie derenin kıyısında oynayarak büyüdüğü için dereye çok bağlıydı. Ergenlik çağını geçip daha büyük sorumluluklar üstlenmek zorunda kaldığında bile ne zaman vakti olsa dereyi ziyaret etmeyi ihmal etmedi. O zaman, manzaranın güzelliğinin yanı sıra, yeryüzünde birlikte var olmalarını sağlayan ebedi uyumu gözlemledi. Uyumu sürdüren sınırsız bir sevgi hissetti. Güneşin yansımalarını, kabarık kümülüs bulutlarını ve derenin dalgalanan, akan sularında farklı şekillere bürünen tepeleri izler ve bunların karşılıklı sevgilerinin dışa vurumu olduğunu fark ederdi. Geceleri de ayın, yıldızların ve karanlık hayalet tepelerin derenin sularındaki yansımalarını izlerdi. Sanki dere, gökyüzü, etraftaki tepeler ve vadiler birbirleri için yaratılmış, dere onlara adeta bir ayna tutuyormuş gibi hissederdi. Bu görsel ihtişam onu sonsuza dek ayrılmaz olduklarına inandırdı. Dereyi izlerken, bu cansız güçlerin aynı zamanda birbirlerine karşı bir tür içsel sevgiyle titreşen bir zihne sahip olduklarını düşündü ve bunun hepsini sonsuza dek sürdüren ayrılmaz bir bağ olduğunu hissetti.

Julie yetişkinliğe ulaştığında, dereyle ilgili imgelemleri onun görüşlerini daha da doğruladı. O zaman derenin yeryüzündeki nesillerin yaşamıyla sakin bir şekilde birleştiğini ve onların umutlarının ve hayal kırıklıklarının bir parçası haline geldiğini, onlara hayatın sıkıntılarıyla nasıl başa çıkacakları veya onlardan nasıl daha uzun yaşayacakları konusunda rehberlik ettiğini fark etti, tıpkı derenin kendisinin zamanın testlerine dayandığı gibi. Derenin insan nesilleriyle nasıl güçlü bir bağ geliştirdiğini düşündü: geçmiştekilerle, şimdikilerle ve elbette henüz gelmemiş olanlarla! Ayrılan neslin sevincini ve kederini nasıl da kayıtsız şartsız, soğukkanlılıkla paylaşabildiğini! Tüm bu unsurların bir arada varoluşunun ardında, aralarındaki doğuştan gelen sevgi, şefkat ve karşılıklı ilişkilerden doğan iç içe geçmiş uyumu ve karşılıklı kabulü hayal edebiliyordu.

Julie sık sık dereye çok şey borçlu olduğunu düşünürdü, sanki dere ona doğanın insanlara neler verebileceğini ve insanların da ona karşılığında neler verebileceğini öğretmişti. Bunun sevginin karşılıklı mirasından başka bir şey olmadığından emindi. Ne zaman onun kıyısında olsa, yaprakların hışırtısı ve akan su aracılığıyla onunla sevgiyle konuşuyordu. Sanki onun sevgisine karşılık vermek istiyormuş gibi onu kandırıyordu. Tüm bunların sevgi diliyle anlatılan sonsuz bir paylaşımın öyküsü olduğunu fark etti!

Annesi Romula için de bu sevgiydi, ama ruhani, ilahi, uhrevi, hepsi aynıydı. Geçen zaman bunu değiştiremezdi. Ama Julie'nin zihninin bu manzaralara verdiği tepki, bedensel başarısıyla duyusaldı. Sonra annesinin bir zamanlar ona bu unsurlar hakkında, yaratıcının yarattıklarına duyduğu ilahi sevginin tezahürü olarak anlattıklarını hatırladı. Julie kendi zihninin hissinin farklı olduğunu hissetti. Cisimsiz ya da ilahi sevginin, bir başarısı olmadığı sürece sevgi olarak adlandırılıp adlandırılamayacağı konusunda şüpheciydi. Tanrı'nın sevgisinin tezahürü zaten onun başarısı değildi. Ama annesinin "Yaratıcının yarattıklarına olan ilahi sevgisi" ifadesinden Julie'nin aklına bir şey geldi. Zihninde beliren bir kelimeydi bu. Julie bu kelimenin, araştırmasının nihai sorularının cevapları için hayati bir ipucu verdiğini fark etti. Böylece araştırmasının son aşamalarına gelene kadar "şehvet" kelimesini zihninde şımartmaya başladı. Kelimenin ortaya çıkışı, psikolojideki serbest çağrışımlarda olduğu gibi spontane görünse de bağlamsaldı. Annesinin dikkatsiz ifadesinin neden olduğu uygun bağlamın baskısı ve Julie'nin uyanık ve hassas zihni ona öncü kelimeyi bulmasında yardımcı oldu. Julie, araştırma sorularına erken bir cevap bulmasına yardımcı olacak cevabı içerdiği için kelimenin kendi içinde anlamlı olduğunu düşündü. Bu kelime onu Tanrı'nın ilahi sevgisini ve yaratıcı faaliyetlerini farklı bir perspektiften düşünmeye yöneltti. Ancak bunu nihai bulgusu olarak açıklamadan önce daha fazla inceleme ve doğrulama yapmaya devam etti. Bu yüzden, önemini açıklayacağı zamana kadar sakladı.

Annesinin ilahi aşk versiyonunun bu konuda hiçbir şeyden bahsetmediğini düşünüyordu. Annesi ne zaman Tanrı'dan bahsetse, belli belirsiz Tanrı'nın tüm dünyanın yaratıcısı olduğunu, Tanrı'nın yarattıklarını sevdiğini vs. söylüyordu. Annesinin, ilahi aşkın sonunda Tanrı'yla birleşmek olarak tamamlanması görüşü yalnızca kavramsaldı. Annesinin sevgi kavramının kızınınkinden farklılaştığı nokta burasıydı. O zaman ilahi aşkın sonunda Tanrı ile birleşmesi kavramının önemsiz bir kavram olduğunu düşündü. Olsa olsa, Tanrı'yla nihai olarak birleştiğinde sevginin bir tür cisimsiz, kavramsal geçişiydi, bu da yetersiz kalıyor ya da Tanrı'nın nihai yaratıcılığını inkar ediyordu. Julie'nin bu düşünceleri doğru ve yoğundu.

Bu onun hayatında bir dönüm noktasıydı. Annesinin yaratıcının cismani olmayan sevgisine dair ifadesi ve kendi sevgi inançları onda hayati bir soru uyandırmıştı: "Aşk bedensel midir yoksa bedensiz midir? Ve nasıl gerçekleştirilebilir? Ve bu kavram hem Tanrı hem de insanlar için geçerli değil midir?" Bu onda bir düşünce sürecini tetikledi: "Asil bir duygu olarak sevginin normalde bir başlangıcı, bir seyri ve bir sonu olmalıydı, bu da nereden kaynaklandığına bakılmaksızın onun tamamlanması veya nihayete ermesi anlamına geliyordu."

Ancak bu merak uyandırıcı sorulara yanıt bulmak için psikolojinin farkına varmak gerekiyordu. Sonra insanoğlunu ve herhangi bir biçimde sevginin, diğer tüm insani duygular gibi, insan zihninde doğduğunu ve bu kişinin dünyadaki yaşamı sona erdiğinde, bu dünyanın kendisinde tamamlanması gerektiğini düşündü. İşte bu düşünce zihnine kapsamlı bir araştırmanın tohumlarını ekti: bu sorulara ikna edici cevaplar bulmak için bir araştırma.

Julie aslında bir ikilem içindeydi. Kendi güçlü inançlarının ve sorularına gerçekçi bir şekilde cevap bulma arzusunun kurbanıydı. Annesi ise kendi kör inançlarının kurbanıydı, akıldan yoksundu ve aklında böyle sorular yoktu. Zihni, Tanrı'nın, cennetin ve Tanrı'nın inananlar üzerindeki nimetlerinin varlığını reddeden mantığa karşı yalıtılmıştı. Annesine göre ilahi aşk ölümün ötesindeydi ve Tanrı ile birleşmişti.

Bunun üzerine Julie annesiyle bu konuda bir diyalog kurmaya karar verdi. Araştırmaya başlamaya karar verdiğinde, annesinin geçmişine dair önemli soruları da irdelemek, genç bir kızken Tanrı'ya nasıl bu kadar saplantılı hale geldiğini, dindar zihnini Tanrı'ya karşı nasıl bir sevgiyle doldurduğunu, Tanrı ve aşk hakkındaki duygularının neler olduğunu öğrenmek istedi. Evliliği neden başarısız olmuştu? Böyle bir sorgulamanın, gerçekleri bulmaya yönelik araştırması için kendisine önemli malzemeler sağlayacağını gerçekten umuyordu. Sonra aklına anne ve babasının ayrılmasında kimin hatalı olduğunu bulmak geldi. Bunun için babasını da tanıması gerekecekti ama onu hiç görmemişti, nerede olduğundan, hatta varlığından bile haberi yoktu.

Bölüm 8

Bir keresinde Julie, içinde eski püskü eşyaların ve atılmış birçok fotoğrafın bulunduğu bir kutuyu karıştırıyordu. Birçok fotoğraf arasından bir tanesi dikkatini çekti: annesinin düğün fotoğrafı. Fotoğraftaki adamın görünmeyen babası olduğundan emindi. Julie fotoğrafa baktı ve baktı. Sonra garip bir yanılsama hissine kapıldı. Kendi babasının görüntüsü ona gittikçe daha yabancı geliyor, ondan gittikçe uzaklaşıyordu.

"Neden babamın görüntüsü içimde nostaljik düşüncelerin sıcaklığını uyandırmak yerine bana yabancı hale geldi? Ve neden benden uzaklaşıyor gibi görünüyordu?" diye düşündü. Meraklı zihni onu bu şekilde bırakmasına izin vermedi: yanılsamaları ve imgeleri, onların özelliklerini, ortaya çıktıkları ve kayboldukları kendiliğindenliği düşünmeye başladı. Neden ve nereden ortaya çıkıyorlardı? İnsan inançları, hisleri ve duygularıyla bir ilişkileri var mıydı? Bu sorulara bir yanıt arıyordu. Bu tür soruların önemli olduğunu, cevaplarının inançlarını ve şüpheciliğini çevreleyen bilmeceyi çözeceğini düşünüyordu. Belki de illüzyonlar kişinin yoğun zihinsel duygularının ya da inançlarının izdüşümleri olabilirdi ve işte o zaman görünür bir şekil alıyorlardı. Sonra anlık bir hayale daldı.

Birden aklına, belki de kısa bir süre için de olsa babasıyla birlikte yaşama fırsatı bulabileceği geldi. Fotoğrafa bakması zihnini daha sıcak ve alıcı hale getirmiş, babasıyla ilgili geçmiş, samimi olayların, hatta oldukça küçük olanların korlarını yeniden canlandırmış olabilirdi. Babasının görüntüsünün giderek daha da yaklaştığını, ona giderek daha tanıdık ve daha sevimli geldiğini hissetti. Böyle bir deneyimin zihninde kalıcı bir etkisi vardı: babasının uzakta, hatta yok olsa da yakınında olduğu. Sonra onun görünmeyen varlığının sıcaklığını hissetti. Bu, babasının onun için soğuk, önemsiz bir yabancı olduğu hissini ortadan kaldırdı. Bu tür duygularının ardında, babasından tamamen uzaklaşmasının neden olduğu evlat sevgisinin yokluğunun yattığını fark etti. Onu bu dünyadaki yaşamında bir kez bile görme fırsatı olsaydı, görünmeyen baba figürünün yokluğunun zihninde yarattığı derin boşluk, karşı konulmaz, fışkıran evlat sevgisiyle fazlasıyla doldurulacaktı.

Kendisininkinin trajik bir deneyim olduğunu düşünüyordu. Onun varlığına sebep olan adam, etten kemikten bir insan olarak var olması ve yaşaması için ona kendi kanından canından veren adam ve onun için babalık yapan adam, birbirlerine tamamen yabancı olacaklardı. Hele ki bu adam hayattaysa, ama o ve kızı bu dünyanın farklı ücra köşelerinde birbirlerinin varlığından tamamen habersizlerse.

Julie düğün fotoğrafını annesine götürdü. Annesinin duygusallaşmasını bekliyordu ama Romula bunun yerine bir şok hissetti. Kızının cehalet içinde bırakılmasının önemsiz bir şey olmadığını hemen anladı. Endişelerinin gerçekleşme zamanının geldiğini tahmin ediyordu. Şimdi kızının geçmişi hakkında sorduğu pek çok soruya cevap vermek zorundaydı, eski ve mutsuz deneyimlerini anlatmaktan çekinmesine rağmen.

Romula aniden endişelerini doğrulayan geçmiş bir olayı hatırladı. Julie'nin genç bir kız olduğu zamanlardı. Bir gün okuldan eve geldiğinde annesine bir soru sormuştu. "Ailemizin reisi kimdir?"

Annesi "Tanrı'dır" diye yanıtlamıştı. Ama cevabının kızın hoşuna gitmediğini hissetmişti. "Seni bu soruyu sormaya iten neydi?" Romula biraz çekingen bir tavırla sordu. Artık kaçamak cevaplar veremeyeceği anın yaklaştığını biliyordu.

"Okulda bütün arkadaşlarımın babaları aile reisi, anneleri de ev işleriyle ilgileniyor. Bizim durumumuzda, hem işe giden hem de ailemizi yöneten sensin. Ama babanın yokluğunu hiç hissetmemiş gibisin. Bazen üzülüyorum ve bu konuda çok kötü hissediyorum," diye masumca cevap vermişti Julie.

Bölüm 9

Julie sonunda Lizbon Üniversitesi'ne psikoloji alanında araştırmacı akademisyen olarak katıldı. Bu konuyu ele almasının nedenlerini biliyordu: herhangi bir biçimde aşkın bir tamamlayıcılığı olması gerektiğine dair yoğun bulguları vardı - sadece aşkın tamamlanabileceği bir son. İlahi aşkın nihai noktasının ne olduğu sorusuna annesinin verdiği yanıtı hatırlıyordu: "Sonunda Tanrı ile birleşmektir." Julie bu kavramın kendisi için kabul edilemez olduğunu hatırladı. Annesinin ilahi aşk ve onun Tanrı ile nihai birleşmesi kavramının, herhangi bir nedenden yoksun, sapkın hayallerinin bir sonucu olduğuna inanmak için nedenleri vardı. Bir kez daha, herhangi bir formdaki aşk kavramının bedensel bir sonluluğa sahip olması gerektiği fikrini pekiştirdi. Aşk uyumsuzluk nedeniyle başarısızlığa uğradığında ya da ölüm nedeniyle sona erdiğinde, buna aşkın sonu denemezdi. Olsa olsa yarım kalmış, tamamlanamamış bir şey olabilirdi. Julie kendi kendine, "Annemin düşüncesi sadece ona ait değil; bu, Tanrı'yı her şeyin nihayetinde birleştiği tek nihai varlık olarak gören genel olarak inananların anlamsız düşüncesi," diye tartıştı.

Julie'nin araştırma fikri aklına babası Robin'i de yeniden getirmişti. "Annemin şu anki yaşı 47 olduğuna göre, eğer yaşıyorsa şu an 52 yaşında olmalı" diye düşündü. Bu yüzden Julie, bu bağlamda önemli olacak araştırması uğruna babasıyla temasa geçmek için bir aciliyet hissetti. Annesi boşandıktan sonra babasının nerede olduğuna dair hiçbir fikre sahip değildi. Ama Julie, eğer yaşıyorsa, ne pahasına olursa olsun babasıyla görüşmeyi kafasına koymuştu.

Bu yüzden Julie annesinden babası hakkında mümkün olduğunca çok bilgi almaya karar verdi. "Söyle bana babam nasıl bir adamdı?" Julie bir keresinde annesine babasıyla ilgili bir sürü suçlama bekleyerek sordu.

Romula, kızını şaşırtan bir şekilde, "Fena biri değildi," diye cevap verdi.

Julie bu cevaptan tatmin olmamıştı. Annesinin kendisinden bir şeyler sakladığını düşünüyordu. Bu yüzden ona cevaplarında dürüst ve samimi olmasını söyledi.

"Ben her zaman dürüst ve samimiyimdir. Senden saklayacak bir şeyim yok," diye cevap verdi Romula, biraz kırılmıştı.

"O halde evliliğinizin başarısız olmasına ne sebep oldu?" Julie sordu.

"Bir evliliğin başarısız olması için eşlerden hiçbirinin kötü olması gerekmez," diye yanıtladı Romula.

"Yani evliliğiniz ikiniz kötü olmadığınız ama... fazla iyi olduğunuz için mi başarısız oldu?" Julie biraz şakacı bir tavırla sordu.

"Öyle olması gerekmiyor. İnsanlar başkalarından iyi ruhlar olarak bahseder, bu sadece her birinin kendi yolunda bireysel olarak iyi olduğu anlamına gelir. Ancak iki iyi ruh birlikte bir yaşam için bir araya geldiğinde, etkileşimler uyumsuzluğa neden olabilir. Bunun nedeni, ne kadar iyi olursa olsun herkesin kendi inançlarına bağlı kalma hakkına sahip olmasıdır. O zaman büyük bir fikir olan ver ve al fikri uzlaşma için çok az yer bulabilir," diye yanıtladı Romula felsefi bir dille.

Bölüm 10

Araştırması için önemli veriler toplamanın bir parçası olarak Julie'nin onu ailesinin geçmişine götürecek birçok planı vardı.

"Söylesene, sen nasıl Tanrı'ya inanan biri oldun?" Julie bir keresinde annesine sormuştu.

"Çocukluğumdan beri Tanrı'dan korkardım. İçinde büyüdüğüm ortam Tanrı'ya olan inancın en üst düzeyde olduğu bir ortamdı ve ailem beni bu şekilde yetiştirdi. Dualar etmek, ilahiler söylemek, Tanrı'yı nimetleri için övmek, Pazar günleri ve zorunlu günlerde kiliseye gitmek, Büyük Perhiz'i aksatmadan yerine getirmek rutin şeylerdi. Tanrı'nın öğretilerine uyulmaması durumunda Tanrı'nın gazabını ve ardından gelen ağır cezaları da öğreten bir ortamda büyüdüm. Tüm bunların zihnimde çifte etkisi oldu. Beni Tanrı'dan korkan ve Tanrı'nın gözdesi olmak için yarışan biri haline getirdi. Bu, Tanrı'yı yatıştırmak için yapılan bir fedakârlıktı. Ama tatmin olmamıştım. Benim için Tanrı hala anlaşılması zor, anlaşılmaz bir varlıktı. Her Şeye Gücü Yeten'e ulaşmanın, O'nunla birliğe ulaşarak O'nu gerçekleştirmek anlamına geldiğini biliyordum. Bunu başarmak için uzun bir yol yürümem gerektiğini biliyordum. Tanrı'yı idrak etmek için sade bir yaşam sürmenin gerekli olduğunu anladım ve var gücümle çalışıyordum. Sonra, ilerledikçe, zihnim beni Tanrı'ya yaklaştıran garip bir ivme kazanma hissine kapıldı ve Tanrı ile benim aramda yoğun bir ruhani özdeşleşme gelişti: bu, Tanrı'nın açık bir şekilde idrak edilmesiydi. Tanrı'yı deneyimlemeye başladım. Ve Tanrı'yı deneyimlemenin hazzı eşsiz, yoğun ve anlatılamaz bir şeydi. Bu, düşüncelerimi ve eylemlerimi Tanrı'nın yolunda etkileyen dualar ve kemer sıkma uygulamaları yoluyla kazandığım beceri sayesinde başarılabilirdi. Tanrı'yı deneyimlemenin zihnim üzerindeki nihai etkisi sezgi düzeyine ulaşmaktı. İnsanın bu şekilde elde ettiği garip haz, tarif edilemez bir zihin duygusudur. Ne zaman bu Tanrı deneyimini yaşasam, garip bir güç tarafından geçici olarak bedenimden sıyrılan asil, ruhlu, tek bir varlık olduğumu hissettim. Evet, ne zaman bu duyguyu yaşasam, Tanrı'yı deneyimliyordum.

İçinde bulunduğum, bedenimin hiçbir rol oynamadığı bir tür ruhsal durumdu. Bunun bir insan olarak bu dünyadaki varlığımda çok önemli, nadir bir deneyim olduğunu hissettim. Bunun Yüce Tanrı'nın bir eseri olduğunu fark ettim. O zaman Tanrı'ya olan sevgimin yoğunluğu ve Tanrı'nın bana olan sevgisi, daha dokunaklı ve keskin bir hal alarak, nadir görülen türden ayrılmaz bir kaynaşmaya uğramış gibi görünüyordu. O zaman bunu karşılıklı uhrevi sevgimizin ilahi, yaşamsal bir birlikteliği olarak deneyimleyebiliyor ve tanıyabiliyordum. Bu benim dünyevi varoluşumdan bir tür ruhani yücelmeydi. Bu yüzden evlilik ve dünyadaki yaşam benim için sadece ikincil önemdeydi," diye bitirdi Romula, yüzünde olağanüstü bir dindarlık parıltısı vardı.

Julie sabırlı bir dinleyici rolünü üstlenmişti. Sakin görünüyordu ama meraklı zihni annesinin anlattıklarından hayati ipuçları çıkarmak ve toplamakla meşguldü.

Romula devam etti: "Sonra Tanrı'yla yüz yüze gelme fırsatım oldu. O'nunla iletişim kurma fırsatım oldu," diye itiraf etti Romula.

"Tanrı ile nasıl iletişim kurdun?" Julie sabırsızlıkla sordu.

"Tanrı asla konuşmaz. O sadece bizim dualarımızı dikkatle dinler. Sonra onlara işaretler ve rüyalarımız aracılığıyla cevap verir. Ama işaretlerinin sesleri vardır: sessizliğinin sesleri! İnce havada yankılanır, aşılmaz dağları aşar, dalgalı suları ve yedi denizin kabaran dalgakıranlarını keser ve sonunda iç kulağımıza ulaşır. Ama asla bir şarkının ölmekte olan ritmi gibi sönüp gitmezler; zihinlerimizi daha da alıcı hale getirmek için yeniden canlandırırlar. Ancak tüm bunlar yalnızca iç kulağımız onları almaya hazır olduğunda deneyimlenebilir," diye açıkladı Julie'nin annesi.

"Peki sen hiç böyle bir deneyim yaşadın mı?" diye sordu Julie. Romula gururla "Evet," diye yanıtladı.

"Bana daha fazlasını anlat," diye davet etti Julie.

"Uykumdaydım. Birden uzakta bir parıltı gördüm. Gittikçe yaklaştı. Sonra parıltı birçok ateş diline dönüştü. Beni yakıp öldürebileceğini düşündüm. Ama yaklaştıkça, yatıştırıcı bir etki hissettim. Sonunda bana dokundu ve sonra bedenimi okşadı. Beklemediğim bir heyecan beni sardı ve ardından bir sükûnet geldi. Rüyanın gelecek bir şeyin habercisi olduğunu hiç bilmiyordum. Babanla ayrılmadan önceydi. Sonra ateşin yanında kucaklanırken ellerini ve bacaklarını havada sallayan çıplak bir bebeğin görüntüsünü gördüm. Uyandım. Hamileliğim ancak ayrıldıktan sonra anlaşıldı ve doğan çocuk senden başkası değildi. Bu olayın anısına sana Immaculate adını verdiler, ancak senin adın Julie," diye anlatıyor Romula.

"Başka durumlarda da benzer deneyimler yaşadınız mı?" Julie merakla sordu.

"Evet, bir tane daha var," diye yanıtladı Romula ve devam etti. "Gençlik günlerim boyunca sık sık bir parıltının bana rehberlik ettiğini görürdüm ve bunun bana Tanrı'ya giden yolu gösteren bir kutup yıldızı olduğunu bilirdim. Başka bir seferinde de benzer bir parıltının rüyamda farklı şekillere büründüğünü görmüştüm. Her bir şekil eşsiz bir deneyimdi. Birbiri ardına önümde beliriyor, sonra birleşerek tek bir parıltı oluşturuyor ve sonunda kayboluyorlardı. Bu garip fenomenin Tanrı'nın çeşitlilik içindeki birliğinin ya da Baba, Oğul ve Kutsal Ruh'tan oluşan Üçlü Birliğinin sembolik ifadesinden başka bir şey olmadığına inandım. Sonra içimde başıboş bir ateş hissettim. Bu deneyimin, Tanrı'ya olan sevgimin korlarını yeniden alevlendiren rüyanın eseri olduğunu biliyordum," diye anlatıyor Romula.

Julie annesinin Tanrı'yla ilgili deneyimlerini ve bulgularını dökme havasında olduğunu görebiliyordu, bu yüzden sessiz kaldı ve annesine devam etmesini işaret etti.

Romula şöyle devam etti. "Çoğu zaman Tanrı hakkındaki bilgimin yetersiz olduğunu hissettim. O zaman üzüntü nöbetlerine giriyordum; O'na daha yakın olmak, O'nu yakından tanımak istiyordum. Dini ayinlerin sade uygulamalarının insana ruhani bir bilgelik kazandırdığını biliyordum.

İnsan bu seviyeye ulaştığında Tanrı'ya daha yakın olabilir ve O'nu yakından tanıyabilirdi. Tüm bunları ne kadar çok takip edersem, Tanrı'ya giden yolum o kadar kolaylaşıyordu."

"O zaman Tanrı'nın işaretlerini ve sembollerini nasıl yorumlayabiliyordun?" Julie sordu.

"Kişi Tanrı'ya daha yakın olduğunda, zihni sezgi denilen bir şey bahşeden nadir bir hassas seviyeye ulaşır. Bu altıncı hisle sınırlanan zihinsel bir durumdur. Buna zihnin sezgisel aşaması denir, sadece sezgiler ve bağlamsal yorumlar işe yarar. Yoğun dualar, meditasyonlar ve riyazetler kişinin içsel zihnini ruhani anlayışa uyandırır. Kişinin içsel zihni harekete geçtiğinde aydınlanır. Karanlıkta parlayan bir ışık gibidir. Parıltı kişinin aydınlanması, karanlık ise kişinin cehaletidir. Kişi Tanrı'nın işaret ve sembollerini yorumlamaya giriştiğinde, Tanrı'nın istek ve niyetlerini doğru bir şekilde yorumlamanızı sağlayan şey zihninizin özümsediği parıltıdır. Zihniniz bu aşamaya ulaştığında Tanrı'yı deneyimlemiş olursunuz," diye açıkladı annesi.

Ancak Julie, annesinin Tanrı'yı tecrübe etmekle ilgili soyut kavramsal versiyonuna ikna olmamıştı. Tüm bunların annesinin dar ve orantısız duyguları olduğunu biliyordu; bu duygular onun bilgelikten ve psikolojik bilgelikten yoksun olmasından kaynaklanıyordu. Birinin zihni ruhani olduğunda, düşünceleri asılsız inançlar tarafından yönetilirdi. Ama annesine kendi görüşünün farklı olduğundan hiç bahsetmemişti. Ancak Julie'nin zihni annesinin anlattıklarından bazı önemli noktalar yakalamıştı: "Çocukluğumdan beri Tanrı'dan korkardım", "Evimdeki ortam Tanrı'ya olan inancın en üst düzeyde olduğu bir ortamdı", "Tanrı'ya giderek daha fazla bağlandım", "Kendi sevgim ile Tanrı'nın sevgisinin kaynaşması dokunaklı ve keskin bir hal aldı", vb.

Julie bunun Tanrı'dan korkan tüm aileler için geçerli olduğunu ve bu durumun onları Tanrı'dan korkmaya devam ettirdiğini düşündü; tüm aileler çocuklarını Tanrı'dan korkmaları için yetiştiriyordu. Tanrı'ya olan inanç ortamı tüm bu ailelerde ortaktı. Ancak annesinin daha sonraki "Tanrı ile aramda yoğun bir yakınlaşma oldu", "Tanrı'yı deneyimlemenin hazzı

eşsiz, yoğun ve anlatılmamış bir şeydi", "Aşk dokunaklılık ve keskinlik kazanmış gibiydi" gibi ifadeler Julie'nin özel incelemesine konu oldu. Annesinin ailesindeki dini ortama verdiği tepkiyi tuhaf ve anormal buluyordu. Annesiyle arasındaki asıl sorun da bu noktada ortaya çıktı. Sonuç olarak Julie, annesinin ailesindeki dini ortamın normal ve makul olmaktan çok uzak olduğu sonucuna vardı. Ama sadece bu değil. Annesinin hassas zihinsel yapısı ve buna bağlı olarak verdiği hassas tepki de soruna katkıda bulunuyordu. Julie, annesinin Tanrı'ya yakınlık duygusunun nedenini kolayca izleyebiliyordu; ve sonunda kendini iyi hissetmesi, ailesinde hüküm süren ve genellikle günah, suçluluk ve ilahi cezayı vurgulayan özel atmosferin hassas zihninde oluşturduğu suçluluk duygusundan bir kaçış olarak kendi zihninin yaratımıydı. Dinler ve onların inananları, bazı içgüdüsel insani duyguları tabu ve dolayısıyla Tanrı karşıtı olarak gösterme eğilimindedir. Annesi de bunun üzücü bir kurbanıydı. Bu yüzden Julie, annesinin sık sık tekrarladığı "Tanrı'da yaşamak ve ölmek istiyorum" sözünün ardındaki gerçek nedenin bu olduğuna inanıyordu; Julie'ye göre bu onun için suçluluk duygusundan uzak bir yaşam anlamına geliyordu.

Bölüm 11

Julie yavaş yavaş annesinin zihnini her yönden araştırıyordu, ancak şu ana kadar kendi sonuçlarının doğru olduğuna inanıyordu. Annesi evlilik konusuyla ilgilenmediğini açıkladığında, Julie'nin aklında başka bir soru belirdi.

"O zaman neden evlenmeyi kabul ettin?" diye sordu.

"Sana hikayeyi anlatayım. Evlilik çağına geldiğimde, çok fazla evlenme teklifi aldım. Ama evliliğe hazır olmadığımı biliyordum. Tekliflerden biri Robin'in teklifiydi. Her açıdan uygun bir bekârdı: Mühendis, iyi bir mevkide, sağlıklı, yakışıklı ve iyi bir karaktere sahipti, uygun bir damat için gerekli tüm şartları yerine getiriyordu. Babam ve annemin potansiyel bir damat olarak ona aşık olduklarını söylemeye gerek yok. Sonra ne pahasına olursa olsun onunla evlenmemi sağlamak onların prestij meselesi haline geldi. Böylece ağır bir baskı altına girdim. Reddedişlerim dikkate alınmadı. Uykusuz geceler geçirdim. Üzerimdeki baskı arttıkça, Tanrı'ya bağlı olduğumu, Tanrı için yaşamak ve ölmek istediğimi daha çok hissettim. Bu tavrım size garip ve doğal gelmeyebilir ama benim için öyle değildi. Kendi mantığımla ne kadar direnirsem, ailemin üstün mantığı tarafından o kadar bastırılıyordum. Sırtımı duvara dayamış, kaybedecek bir savaş verdiğimi hissediyordum.

"Ve sonra her şey oldu. Daha sağduyulu olan annem beni bir kenara çağırdı ve şöyle dedi: "Eğer evliliğe karşıysan, öyle olsun. Ama reddetmekle Tanrı'nın isteğine karşı geldiğini anlamalısın, çünkü evlilikler cennette yapılır. İnsanoğlunun rolü sadece itaat etmektir." Tavsiyesi yerine oturdu. Annemin sözleriyle kendimi tamamen bastırılmış hissettim. Bir ikilem içindeydim: Olmak ya da olmamak. Eğer Tanrı'nın emirlerine karşı gelir ve evlenmeyi reddedersem, bunun beni 'kaybedilmiş cennet' durumuna sokacağını ve bu dünyadaki varlığımın anlamsız olacağını düşündüm.

"Evliliği kabul etseydim, 'Tanrı'da yaşamak ve ölmek' tutkumu yerine getiremeyecektim. Ama onunla evlenmeye rıza göstermemin geniş kapsamlı sonuçlarını hiç bilmiyordum. Tanrı'ya olan uhrevi sevgim, bedenimin hiçbir rolünün olmadığı ruhumdan geliyordu. Ama benim rıza gösterdiğim şey, bedenimin önemli bir rol oynamak zorunda olduğu ruhsuz bir evlilikti. Ruhsuz evliliğe rıza göstermem, sanki baş düşmanıma dönüşmüş gibi bedenimden nefret etmeme neden oldu." Romula böylece içinde bulunduğu çıkmazı gözler önüne serdi.

Ancak Romula'nın ifşaatları Julie'yi annesine yönelteceği pek çok soruyla baş başa bıraktı; bunlar aslında kendi iç dünyasının ifşaatlarıydı. Julie özellikle annesinin şu ifadesini fark etti: "Eğer evliliği kabul etseydim, Tanrı'da yaşama ve ölme tutkularımı gerçekleştiremezdim." Sonra başka bir ifade, "Sadece bedenimin bir parçası olduğu ruhsuz bir evliliğe rıza gösterdim. O zaman ruhsuz bir evliliğe rıza göstermem bedenimden nefret etmeme neden oldu." Julie'ye göre tüm bunlar sanki annesinin ona evlenirse Tanrı'da suçsuz bir hayat yaşayamayacağını söylemesi gibiydi. Julie, annesinin "Tanrı'da yaşayamam ve ölemem" sözünün, Robin'le olan evliliğinin kendi inançlarına göre günahkâr bir evlilik olduğu anlamına geldiğini bir kez daha aklına koydu.

Bölüm 12

Julie annesiyle birçok görüşme yaptı ve araştırması için önemli materyaller topladı. Duyduklarının düşünce tarzını desteklemesi onu mutlu etti. Bu, zihnini canlandıran ve umutlarını yeniden alevlendiren bir teşvikti. Julie, annesinin zihinsel yapısı hakkında daha fazla bilgi edinmek için annesiyle daha fazla görüşmek istedi. Julie'nin araştırmasından istediği şey, babasının yokluğunda annesinden aldığı cevapları ısrarla ve dürüstçe inceleyerek gerçek bulgulara ulaşmaktı. Babasının yerini bulmak bir belirsizlik olarak kaldı ve bu durum annesini daha derinden sorgulamasına neden oldu.

Bir insanın Tanrı'ya duyduğu sevginin normal, aşırı, garip ya da her ne yoğunlukta olursa olsun yanlış bir şey yoktu. Ama bu nasıl olur da bir evliliğin başarısız olmasına neden olabilirdi? Şimdiye kadar annesiyle yaptığı tartışmalar, tahminlerine uygun cevaplar bulmasına yardımcı olmuştu. Annesinin şimdiye kadar sorduğu sorulara verdiği yanıtlar, sorunun özüne dokunan ipuçlarıydı. Ve o mutluydu. Ancak nihai sonuca, hem de doğru bir sonuca ulaşmak için Julie daha ileri gitmesi gerektiğini düşündü. Annesini açık sözlü olması ve işini kolaylaştırması için cesaretlendirdi. Ancak doğrudan sorular sorarak onu utandırmamak için sorularını stratejik bir şekilde soruyordu. Bu yüzden zaman zaman, görünüşte birbiriyle bağlantısız sorular sorarak ve sonra annesinin görünüşte konuyla bağlantısız cevaplarına katlanarak konudan uzaklaştı. Bu, annesini bir tür soğukkanlılıkla yüzleşmeye hazırlamak gibiydi. Bir araştırmacı olarak Julie'nin taktiği buydu: annesinin açık yürekli olmasına yardım etmek, rastgele cevaplarından bulmak istediği şeyi annesinden çıkarmak. Sorularının imalı olmaması için dikkatliydi. Bu yüzden başlangıçta konuşma dolambaçlıydı, neredeyse çalıyı çırpmak gibiydi.

"Salata günlerinizde nasıldınız?" Julie sordu.

"Tanrı'nın nimetlerine sahip olduğum için mutlu ve memnundum," diye yanıtladı annesi, yüzü memnuniyetini gösteriyordu.

"Tanrı'nın nimetlerine sahip olduğunu sana düşündüren neydi?" diye sordu Julie.

"Tanrı basit şeyleri sever. Basitlik onun parolasıdır. Ve Tanrı bana hayattaki basit şeyleri sevdirdi. Onun çağrısına sadık kaldım. Lüks bir yaşamı tercih etmedim. Bu beni zerre kadar mutlu etmedi. Basit şeylere olan sevgim bana Tanrı'nın içimde yaşadığını hissettirdi. Sadelikten başka bir şey olmayan Tanrı'nın yollarını izledim. Dünyevi hırslarım yoktu. Hayatım Tanrı'ya adanmıştı. İnsana bu zihinsel eğilim bahşedildiğinde, zihni sakinleşebiliyordu. Lüksler artık cazip değildi. Zihnimdeki lüks düşünceleri beni huzursuz ve sinirli yapıyordu; hayatımda hakim olmasını istediğim sükuneti yok ediyorlardı. Çünkü insan şehvani arzularını tatmin edemezse, bunlar zihnine karşı döner, hayal kırıklığına ve zihinsel huzurunun kaybolmasına neden olur. Biliyorsunuz ki Tanrı yoksulları ve onların sade yaşamını tercih eder." Romula duygusallaşmaya başlamıştı.

"Tanrı'nın sadeliği sevdiğini sana düşündüren nedir?" Julie sordu.

"Bunu öğrenmek için çok uzağa gitmene gerek yok. İncil'deki Adem ve Havva kıssası ne anlatıyordu? Tanrı Adem ve Havva'ya Aden Bahçesi'ndeki ağaçlardan biri hariç hepsinin meyvesini yemeleri için izin vermişti. Tanrı neden o ağacın meyvesini yemelerini yasaklamıştı? Bu soru birden fazla açıdan önemlidir," dedi Romula.

"Birden fazla açıdan mı önemli? Nasıl yani?" Julie şaşkınlıkla sordu.

"Çünkü tüm insanlık için birçok yönden önemliydi," diye açıkladı annesi.

"Söyle bana, ne önemi vardı?" Julie merakla sordu.

" İlk olarak, insanlığa uğursuz bir şeyi önceden haber veriyordu; ve bunun dışında, insanlığa nasıl davranmamız gerektiği konusunda hayati bir mesaj veriyordu," diye yanıtladı annesi.

"Adem ve Havva'nın Tanrı'ya ne kadar sadık olduklarını test etmek için değil miydi?" Julie, insanlığa verilen hayati mesajla neyin kastedildiğine dair aklında bazı şüpheler kaldığını söyleyerek sordu.

"Evet, bu da bir başka nedendi. Ve hepimizin bildiği gibi, Adem ve Havva sınavı geçemediler. Peki bunun sonucu ne oldu? İlk Günah'ın kaçınılmaz büyüsü tüm insanlığın üzerine çöktü," diye yanıtladı annesi.

"Bu doğru. Devam edin," diye rica etti Julie.

"Tanrı yasak meyveyi yemeyin dediğinde, bu emir Adem ve Havva'nın zihninde onu çiğnemek için bir ayartı uyandırdı," dedi annesi.

"Evet, insan zihninin ulaşılamaz olanı arzulama eğilimini anlıyorum. Bu insanın hata yapma eğilimidir. Adem ve Havva da ayartıldıkları için, yasak olan bir şey için düştüler," diye araya girdi Julie, durumu psikolojik terimlerle açıklayan annesine katılarak.

"Çünkü Tanrı hiçbir zaman lüksü sevmedi," diye devam etti annesi.

"Burada "lüks" kelimesiyle ne demek istiyorsun? Cennet Bahçesi Adem ve Havva'nın lüks içinde yaşaması için yapılmamış mıydı? Ama siz Tanrı'nın lüksü sevmediğini söylediniz. O zaman Tanrı onların lüks içinde yaşamasına nasıl izin verebilir? Kendinizle çelişmiyor musunuz?" Julie şüphe içinde sordu.

"Ben hiçbir şeyle çelişmiyorum. Bu bağlamda lüksün farklı bir çağrışımı olduğunu anlamalısın," diye yanıtladı annesi.

"O zaman bana özel anlamın ne olduğunu söyle," diye sordu Julie açıklama olarak.

"Bu bağlamda lüks, maddi herhangi bir şeyden sınırsız zevk almak anlamına gelir. İnsan konforu için pahalı bir şey olması gerekmez. Sadece herhangi bir şeyden sınırsız keyif almaktır," diye açıkladı annesi.

"Açıklamanızın daha fazla açıklamaya ihtiyacı var," diye talepte bulundu Julie.

"Demek istediğim şu ki, Tanrı Adem ve Havva'nın belirli bir ağacın meyvelerinden yararlanmasını yasakladı. Bu ne anlama geliyor?" diye sordu annesi Julie'ye.

"Sizin yorumunuza göre, Tanrı Adem ve Havva'yı o ağacın meyvelerini yemekten alıkoyan emrini verdiği anda, bu meyveler onlar için bir lüks haline geldi. Bunu mu demek istiyorsun?" Julie sordu.

"Evet, öyle," diye onayladı annesi. Julie'nin meseleyi anlamış olması onu mutlu etmişti. "O zaman İncil'deki Şeytani ayartmalar ne olacak?" diye sordu Julie.

"Yasak meyveyi yeme ayartması Şeytani idi. Tanrı Adem ve Havva'ya belirli bir ağacın meyvelerini yemeyi yasakladığında, Şeytani güç zihinlerinde aktif hale geldi. İhtiyaçlara duyulan ihtiyaç, yaşamın temel gerekliliklerine olan çıplak ihtiyacımız olarak adlandırılabilir. Ancak kişinin ihtiyaçlarından fazlasını ya da yasak olan herhangi bir şeyi arzulaması ayartmadır ve bu da bir lükstür. Bir şeyin kullanımında kısıtlamalar olduğunda, sınırları aşmak bir lükstür. Yani lüks, bir şeyin sınırsız kullanımı olarak adlandırılabilir," diye açıkladı annesi.

"Yani ayartmalar şeytani mi?" diye sordu Julie.

"Evet, istekler ve arzular arasındaki farkı açıkladım," dedi annesi. "Bazen başkalarının zararına olabilir, bu da Tanrı'ya karşı ve Şeytani bir şeydir," diye devam etti annesi.

"O zaman Tanrı neden Şeytani güçleri ya da ayartmaları yenip Adem ve Havva'yı günah işlemekten ve tüm insanlığı İlk Günah'ın lanetinden kurtaramadı?"

Julie sordu. "Tanrı her şeyi bilen değil mi? Adem ve Havva'nın günah işlemesini önceden engelleyemez miydi?" "Tanrı insanların günah işlememesini istedi," diye yanıtladı annesi. "Ama onlara günahlı ve günahsız yaşamlar arasında bir seçim yapma seçeneği verdi. Bu Tanrı'nın politikasıdır. Bu yüzden insanlar seçimlerini yaptıklarında O asla müdahale etmeyecektir. Bu, kimin Tanrı'ya sadık olup kimin olmadığını anlamak içindir."

"O zaman Tanrı'nın yasağının diğer nedeni neydi?" Julie sordu.

"Size daha önce de söylediğim gibi, Tanrı sadece sadeliği sevmekle kalmadı, aynı zamanda insanlara sadeliği, kişinin arzularına kısıtlamalar getirilmesi gerektiğini öğretmek istedi. Ve hayattaki kısıtlamalar insanı fedakâr yapar. Dolayısıyla Adem ve Havva için yasak meyveden vazgeçmek bir bakıma kendi adlarına bir fedakârlık olacaktı. İnsanları sınırsız zevkten alıkoyan bir yasa, onlardan bir fedakârlık talep eder. Kişinin olanaklarının ötesindeki herhangi bir şey ya da ulaşılamaz olan herhangi bir şey ya da kişinin ihtiyaçlarını aşan herhangi bir şey lüks olarak adlandırılabilir. Burada yasak meyveyi yemenin zevki ya da lüksü Tanrı'nın yasaklarıyla engellenmiştir. Böylece yasak meyve Adem ve Havva için ulaşılamaz bir lükse dönüştü. Tanrı'nın planı Adem ve Havva'ya sadelik derslerini öğretmekti: sade bir yaşamın yaşamda fedakarlık gerektirdiğini; kişinin yaşamında mevcut olan her şeyin tadını çıkaramayacağını; istediğiniz her şeyden özgürce ve bolca yararlanabilseydiniz, böyle bir yaşamın ne pahasına olursa olsun kaçınmanız gereken bir lüks haline geleceğini; kısıtlama yaşamının fedakarlık yaşamı anlamına geldiğini ve bu yolun sadeliğe yol açabileceğini. Tanrı'nın yasağı, insanlara fedakârlığın ne anlama geldiğini ve fedakârlık yoluyla neler elde edebileceklerini öğretmek içindir. Bu Tanrı'nın insanlığa mesajıdır," diye açıkladı anne.

"Anne, son teorilerin benim için yeni. Bana daha önce bunlardan bahsetmemiştin. Neden?" Julie biraz kafası karışmış bir halde sordu.

"Yorumlarımın bağlamsal olduğunu, uygun durum ortaya çıktığında ve ortaya çıktığında anlamalısın. Mevcut durum daha önce ortaya çıkmamış olabilir. O zaman, daha önce de söylediğim gibi, Tanrı'nın asla konuşmadığını anlamalısınız. Tüm istek ve niyetleri işaretler, semboller ve rüyalar aracılığıyla iletilir. Şu anda bile size anlatılmamış pek çok işaret, sembol ve rüya var, çünkü bunların bağlamı şimdiye kadar ortaya çıkmadı," diye açıkladı Romula.

"O halde Tanrı'nın niyetlerini nasıl yorumlayabilirsiniz?" Julie sordu.

Size daha önce de söyledim, ama tekrar etmeme izin verin: kişinin zihni sezgi seviyesine ısrarlı, sade arabuluculuk uygulamaları yoluyla ulaşır. Sezgi işlediğinde, kişi aydınlanır; ve bu zihinsel aşama kişinin Tanrı'nın isteklerini ve niyetlerini doğru ve açık bir şekilde yorumlamasını sağlar," dedi Romula.

Bölüm 13

"Yani kızınız olarak, gençlik günlerinizde sizin ve benim hislerimiz aynı olabilirdi. Ben böyle hissediyorum..." Julie annesinin aklından geçenleri anlamaya çalışıyordu.

Şimdi annesinin zihnini tamamen açmasını istiyordu. Bu yüzden, annesini, belli nedenlerle saklı tutulmuş gibi görünen ve konuşmasının bir süre için konudan uzaklaşmasına izin veren hayati soruyu yanıtlamaya geri getirmek için, Julie soruyu tekrarladı.

"Peki, salata günlerindeyken zihnindeki duygusal kıpırdanmalar nelerdi?" diye sordu Julie.

Anne ve babasının evliliğinin başarısızlığa uğramasının nedeninin, büyük olasılıkla, insanların cinsel yaşamı hakkındaki bazı Freudyen teorilerden kaynaklandığını önceden hissedebiliyordu.

Annesi, "O zamanlar aklım Tanrı'nın en gözde müridi olmaya çalışıyordu," dedi. Bu cevap Julie'nin çıkarımlarının doğru olacağının kesin bir göstergesiydi. Ancak bu durumdan pek de memnun görünmüyordu.

"Her Tanrı aşığının dileği bu değil midir? Senin tutkularının özel bir şey olduğunu sanmıyorum," dedi Julie içtenlikle.

"Ama Tanrı'ya karşı hissettiklerim başkalarında görebileceğiniz türden şeyler değildi. Benimkiler farklıydı. Yoğun dualarım ve meditasyonlarım beni Tanrı'nın kutsallığını paylaşabileceğim uhrevi bir aleme yükseltti," dedi annesi.

"Ne şekilde?" Julie sordu.

"Yüce Tanrı'ya, O'nda yaşamama ve ölmeme izin vermesi için hararetle ve büyük bir titizlikle dua ettim" dedi annesi.

Bir psikolog olarak Julie'nin annesinin görüşlerine karşı kendi bilimsel gerekçeleri vardı. Bu, annesinin görüşüne karşı çıkmasına neden oldu.

"Babamla evliliğinizin başarısız olmasının nedeni bu değil miydi? Belki de Tanrı dualarına cevap vermiş olabilir," dedi Julie cevap olarak.

"Bilmiyorum," diye yanıtladı annesi, yaptığı şakadan hiç hoşlanmamış gibi görünüyordu.

"O zaman bana gençlik günlerinden ve babamla olan aşk hayatınızdan ayrıntılı olarak bahset. Çalışmalarım için değerli bir şeyler öğrenmek istiyorum. Yoksa hiç aşk yok muydu? Zihninizde karşı cinse karşı herhangi bir gençlik heyecanı, bir tür kara sevda var mıydı?" Julie sordu.

Julie araştırmasının nihai sonuçlarına varmadan önce emin olmak istiyordu. "Eğer Tanrı'ya inanan biriysen, o zaman başka nelere inandığını bana doğru bir şekilde anlatmalısın," diye stratejik bir soru sordu Julie, annesini bilmek istediği noktaya geri getirmek için, onun merak uyandırıcı cevabını bekliyordu.

"Eğer Tanrı'ya inanıyorsan, bana gerçekleri anlatmalısın" şeklindeki talebi, Romola'nın doğru bir itirafta bulunmasını garanti altına almak için hesaplanmış bir talepti. Ancak Romola'nın "Benim gençlik dönemim senin var olmadığın bir zamandı" diyerek konuyu geçiştirmesini bekliyordu. Unutmak istediği geçmiş deneyiminden bahsetmemeye çalışacaktı. Ama Julie biliyordu ki, annesi ergenlik çağındayken hayatta olmadığı gibi, Freud da annesi doğmadan çok önce ölmüş ve gitmişti. Ama yine de teorisi hayatta kalmıştı. Yani bu, annesinin onun öğretilerini ya da kendi Freudyen çalışmalarını bir şekilde gözden düşmüş olarak reddedebileceği anlamına gelmiyordu.

Julie kendi kendine şöyle dedi: "Çalışmalarımın bir parçası olarak tüm Freudyen teoriyi, artılarını ve eksilerini öğrendim; ancak vardığım sonuçlar daha doğru ve bilimseldi, bireysel önyargılar veya uygun bilgiden yoksunluktan kaynaklanan cehaletle yumuşatılmamıştı. Ancak annem kendi gençlik deneyimini açıkça ortaya koyarsa utanabilirdi. Bu da onu gerçeğin bir kısmını bastırmaya itebilir." Bu yüzden bir süre düşündü, annesini nasıl açacağını merak ediyordu. Annesi de düşünceli bir ruh hali içindeydi. Julie ona düşünmesi için yeterince zaman verdi, ancak annesinin sadece gerçeği anlatması konusunda kararlıydı.

Düşünmeye devam etti: "Annem ergenlik deneyimini bastırmaz mıydı? Herkes Tanrı'nın bir yaratığıdır ve o aşamayı geçmelidir. Tanrı insanoğlunu ve çeşitli duygusal aşamalarımızı yaratmadı mı? Tanrı hayatımızın her evresi için belirli içgüdüsel özellikler ve duygular belirlemiştir. Ergenlik çağındayken benim de zihnimde hayatımın o evresine özgü romantik kıpırtılar vardı. O halde annem nasıl olur da böyle duygulara sahip değilmiş gibi davranabilirdi? Annemin itiraflarından çıkardığım en doğal ve makul sonuç, benden bir şeyler sakladığıdır. Ve bu nedenle, inananların inançlarının doğruluğu konusunda bir soru işareti olduğunda gerçeklerden sapma konusunda doğuştan gelen bir eğilimleri vardır. Tanrı içimizde içgüdüsel duygular yaratmadı mı, ama sonra bunların bazılarını günah olarak yasaklamadı mı? Dolayısıyla, bir mümin olarak annem, eğer Tanrı tarafından yasaklanmışsa, gerçek deneyimlerini benden saklama eğiliminde olabilir. Bu olasılık, özellikle kişi Tanrı'ya körü körüne inanıyorsa ve Tanrı'dan korkuyorsa daha olasıdır. Kişi Tanrı'ya sıkı sıkıya inanıyor diye, ergenlik duygularının zihninde ortaya çıkmayacağı söylenemez. Peki annem, bir mümin için tabu olan zihnindeki yasak ergenlik heyecanlarına nasıl tepki verirdi? Böyle bir durumda, inananlar muhtemelen hayatlarının ergenlik döneminde zihinlerinde böyle duygular yokmuş gibi davranacaklardır. İnançsızların aksine, inananlar gençlik dönemlerinde bu tür yasak duygulara sahip olduklarını açıkça itiraf etmekten utanç duyarlar. Böyle durumlarda gerçeği bastırırlar. Başka bir durumda, inandıkları şeyin gerçekten başka bir şey olmadığını kanıtlamak söz konusu olduğunda, bunu inandırıcı kılmak için süslemeye veya çarpıtılmış görüşler vermeye başvururlar. Annemin de böyle davranması muhtemeldir. Ama bunlar sadece benim hislerim!" Julie düşünmeyi bitirdi ve annesinin cevabını bekledi.

"Gençlik dönemimi geçirirken," diye yanıtladı Romula, "tedirgin zihnim bir şey için nadir görülen türden bir şevk ve tutku yaşadı: beni tam bir canlı varlık haline getirebilecek bir şeyi başarmak. Sık sık aklıma gelen dinamik Tanrısal vizyonlar girdabına kapıldım. Bunlar renkli ve yanardönerdi. İlahi bir dönemdi ve bu dönemde süzüldüğümü hissediyordum. Zihnim eskisinden daha aktifti ve yaşamımda özlemini duyduğum şeyin net bir vizyonuna sahipti: Tanrı ile birliğe ulaşmak. Zihnimin bu eğilimi Tanrısal ve ruhsaldı. Sık sık tekrarlayan rüyalar görüyordum: bir tanesinde melekler şarkı söylerken bir çiçek parlıyordu; sonra parıltı kaybolana kadar batıya doğru hareket ediyor, bir gün batımını taklit ediyordu. Ve anlık gün batımından sonra kalan güneş ışığının garip olgusu, ölümden sonra Tanrı'daki yaşamımı simgeliyordu. Yüce Tanrı'ya olan derin tutkum dışında aklımda hiçbir romantik düşünce yoktu," dedi annesi.

Annesi bunu söylediğinde Julie bunun doğru olduğuna inanmak zorunda kaldı. Annesinin ifadesine bir cevabı vardı. Annesinin ifadesi, Tanrı'nın sevgisini düşünerek ve Tanrı'da yaşamayı ve ölmeyi umarak yeryüzünde garip bir yaşam sürmesinden kaynaklanıyordu. Annesi ancak böyle bir misyonun ona suçsuz bir yaşam sağlayabileceğine inanıyordu. Annesinin cevabından yola çıkan Julie, annesinin ergenlik dönemindeki zihninin nasıl olduğu hakkında doğru bir sonuca varmakta hiç zorlanmadı. Hayatlarının farklı evrelerini normal ve doğal bir şekilde geçirebilen diğerlerinin aksine, annesinin içgüdüsel duygularının günah ve dolayısıyla Tanrı karşıtı olarak bastırılmaları nedeniyle doğal bir ifade yolu bulamadığını gördü. Julie'nin annesinin zihinsel yapısıyla ilgili çıkarımları burada da doğru çıkmıştı. Annesi bu suçluluk duygusunu, yetişme dönemindeki katı dindar aile ortamından geliştirmişti ve bu da onun doğal içgüdüsel duygularının doğal bir şekilde ortaya çıkmasını bastırmıştı. Julie bu muhakemeye ulaştığında, annesinin gerçeği gizleyebileceğine dair şüphesi ortadan kalktı. Ve annesinin içgüdüsel duygularını bastırdığı gerçeği de ortaya çıktı. Julie, bir kişinin duygularını bastırmasının zihinsel bozukluklar şeklinde nasıl çifte güçle geri dönebileceğini fark etti. Ve Julie annesini üzgün bir kurban olarak değerlendirmekte hiç zorlanmadı.

"Babam Robin ile evlenmeyi kabul etmek zorunda kaldığında içinde bulunduğun durumu anlattın. Şimdi lütfen açıklamalarına devam et," dedi Julie cesaretlendirici bir şekilde.

"Benim için acı vericiydi. Kaderimde cehennemden bir balayı yaşamak varmış gibi hissediyordum. Ama bunun Tanrı'nın kararı olduğunu ve hiç mırıldanmadan itaat etmem gerektiğini düşünüyordum. Birden aşkın sadece zevk değil, aynı zamanda acı da olduğunu fark ettim. Bu bana Tanrı'nın bir vahyiydi," diye açıkladı Romula.

"Ve sonra...?" Julie annesinin devam etmesini istedi.

Romula aniden bir daha asla hatırlamak istemediği o durumu hatırladı. "Evlendikten sonra boşandığımda, evliliğimin benim açımdan bir günah olduğunu düşündüm. Kilisede yapılan bir evliliğin mutluluğu garanti etmediğini fark ettim. Zihnim Tanrı'nın beni içinde bulunduğum durumdan ve Robin'den kurtaracağına dair umutlarla doluydu. Her gece yatağımı Robin'le paylaşmam tuhaf bir rüya gibiydi. Bu deneyim tuhaftı. Ne kadar kısa sürerse sürsün, bu benim açımdan günahkâr bir eylemdi. Zihnim rahatsızdı. Robin bana yatağımı koşulların zorlamasıyla paylaşan bir gaspçı gibi görünüyordu. Sonra zihnim ne zaman böyle acı verici düşüncelerle dolsa, zihnim ilahi düşüncelere yöneldi ve rahatladım. Değişim anlıktı. Geçici bir anda, Tanrı'nın yatağımı paylaştığını bile hayal ettim. Bu bana Robin'in bana asla veremeyeceği garip bir haz verdi. Robin'le evliliğimiz Tanrı'nın istediği şekilde gerçekleşmiş olsa da, benim isteksiz zihnim için her şey bir aldatmacadan ibaretti. Evlilik hiçbir zaman rahatsızlık duygularımı yok edemedi.

Ayrıldıktan sonra da yatağımı paylaşacak kimse yoktu. Ama Tanrı'nın görünmeyen varlığına inanıyordum ve bu şekilde yatağımı O'nunla paylaşıyordum. Robin'den ayrıldığımda, soğuk günlerimin sona erdiğini hissettim: ruhumun uzakta olduğu, yapmacık davrandığım soğuk günler! Robin'le geçirdiğim geceler ile onun yokluğundaki yeni gecelerimi karşılaştırdım. Yatağımın onun tarafından işgal edilen kısmı boş kalmıştı. Yatağımı onunla paylaştığım zamanlarda yaşadığım soğuk mizacın kaybolduğunu fark ettim. Aslında o günler benim için kâbus gibiydi. Şimdi yatağımın boş kalan kısmı şaşırtıcı bir şekilde bana sıcaklık getiriyordu, zihnimi harekete geçiren, zihnime ender rastlanan türden bir uyarılma veren bir tür uhrevi sıcaklık. O zaman her gece yaşadığım özel, nadir sezgisel deneyimim aracılığıyla Tanrı ile iletişim kurabiliyordum. Gece çökmeye başladığında, zihnim bana tatlı ve yüksek umutlar getiren kıpırtılarına kavuştu."

Julie mutlulukla, "Senin ifşaatlarından araştırmam için çok değerli malzemeler topladım," dedi. "Ve bu benim hipotezimin doğru olduğunu teyit ediyor. Bir psikolog olarak, çektiğiniz acıların gerçek nedenlerini çok doğru ve ikna edici bir şekilde görebiliyorum. Şimdi, devam edersek, sanırım acılarınızın tam nedenini size açıklayabilirim," dedi Julie kendinden emin bir şekilde.

Annesi, "Diğer psikoloğun bana söylediklerinden başka neler yapabileceğini söyle," diye sordu. Evliliğinin ilk günlerinde yaşadığı sorun için psikolog ve Robin ile yaptığı görüşmeden bahsediyordu. "Birkaç seanstan sonra doktor frijit olduğumu söyledi," dedi Romula.

"Psikolog senin sorununa cinsel soğukluk teşhisi koymuş olabilir," diye cevap verdi Julie kendinden emin bir şekilde. "Bu çok açık ve bir ya da iki cümleyle ifade edilebilir. Ancak cinsel soğukluğun nasıl ortaya çıktığı ve arkasındaki neden, sizin de fark ettiğiniz gibi, daha fazla düşünmeyi gerektiriyor."

"O zaman boş ver. Ben sorunlarım konusunda sana karşı dürüst oldum, senden de nedenlerini açıklarken dürüst olmanı bekliyorum," dedi annesi.

"Anne, seninki psikosomatik bir sorun," diye önerdi Julie.

"Psikosomatik mi? Ne demek istiyorsun?" diye sordu annesi, kızının psikolojik teorilerine pek de meraklı görünmüyordu.

"Mantığınız zihinsel ama bedensel acı çekmenize neden oluyor. Böyle bir duruma psikosomatik bozukluk denir," dedi Julie.

"Nasıl olur?" diye sordu annesi.

Julie annesine yaptığı açıklamanın bir parçası olarak, "Dünyadaki evliliğinden önce zaten evliydin," dedi.

"Ama sen daha doğmadan önce bana ne olduğunu nereden biliyorsun? Anlamsız gevezeliklerine inanamıyorum. İfadelerin sanki sen daha bu dünyaya gelmeden önce tanık olduğun bir şeye benziyor. Bu nasıl mümkün olabilir?" diye sordu annesi, kızının anlattıklarının yanlış bir yorum olduğunu düşünerek.

Julie annesinin cevabı karşısında ani bir kahkaha attı. Annesinin söyleyeceğini düşündüğü şey buydu. "Anne, lütfen beni dinle. Sana psikoloji alanında yanlış olması mümkün olmayan bazı bilimsel teorilerden bahsediyorum. Bu nedenle, bilimsel yasalar bu dünyada her zaman işlemiştir, ancak bu, onları öğrenen ve pratik olarak kullanan bir kişinin teoriler ortaya çıktığında hayatta olması gerektiği anlamına gelmez," dedi Julie sabırla.

"O zaman devam et," dedi annesi.

"Bahsettiğim şey senin haberin olmadan yaptığın evlilik," dedi Julie.

"Ne demek benim haberim olmadan yaptığım evlilik? Bu kulağa çılgınca geliyor," diye alaycı bir şekilde cevap verdi annesi, inançsızlığını bir kez daha göstererek.

"Bahsettiğim bu evlilik tamamen zihinseldi," diye yanıtladı Julie.

"Zihinsel evlilikle neyi kastediyorsun?" diye sordu annesi tamamen cehalet içinde.

"Psikolojik teorilere göre evlilik hem zihinsel hem de fiziksel olabilir," diye belirtti Julie.

"Yani bir kişi iki evlilik yapabilir: biri, bilgisi olmadan zihinsel bir evlilik, diğeri ise tam bilgi sahibi olarak ve yakınlarının ve sevdiklerinin kutsamasıyla fiziksel bir evlilik?" diye sordu annesi açıklığa kavuşturmak için.

"Evet, kesinlikle! Senin durumunda olan da buydu," dedi Julie.

Julie'nin açıklamaları annesi için inanılmazdı. "Seni anlamıyorum. Bana mantıklı bir şey söyle," dedi annesi.

"Evlilik çağına gelmeden çok önce aşkın Tanrı'ya bağlıydı. Bu yüzden zihnin, Freud'a göre oral, anal ve genital olan normal cinsel gelişimi kabul etmeyi reddetti. Cinselliğiniz normal son aşaması olan genital aşamaya gelemedi. Gelişim genital aşamaya ulaşamadan güdük kaldı. Eğer zihniniz bu son aşamaya ulaşmış olsaydı, cinsel soğukluk sorunu yaşamazdınız," diye açıkladı Julie ve devam etti. "Sizi aydınlanma ile ödüllendiren Tanrı'ya tamamen inandığınızı söylediniz. Tanrı'da yaşamak ve ölmek istediğini söyledin. Bu görüşler, sevginizin tamamen zihinsel olduğunu ve Tanrı'ya sabitlendiğini, gelişimin normal aşamalarını kabul etmeyi reddettiğini gösteriyor. Ve Tanrı'dan başka kimseyi sevemezdiniz. Sonra babamla evlendiniz. Zihniniz Tanrı'ya sabitlendiğinden, bedeniniz kocanıza normal bir şekilde karşılık veremedi. Buna Freud'un ünlü zevk-acı teorisi denir. Bu, zihnin iki parçasının çatışmasıdır: Bilinçli kısım olan Ego ve bilinçaltı kısım olan İd. Birlikte çalışmak yerine, sizin durumunuzda çatışıyorlar. Bu duruma suçluluktan kaynaklanan zihinsel çatışma denir. Yani medeni zihniniz bilinçaltınızın ilkel düşüncelerini, yani medeni zihniniz için kabul edilemez olan Tanrı'ya olan garip ve doğal olmayan saplantınızı eğlendirmenize izin vermiyordu. Sonra uygar zihniniz suçluluk duygusu geliştirdi, çünkü Tanrı'ya duyduğunuz sevgi anti-sosyaldi ve bu duygularınızı günah olarak bastırdı. Ve bu da sizin soğukluğunuzun nedenidir. Ve size açıkça söyleyebilirim ki, bilginiz olmadan Tanrı'yla evlendiniz ve bu yüzden başka birini kocanız olarak kabul edemiyorsunuz. Normal seks, hem bedenin hem de ruhun eşit rol oynadığı bir olgudur. Demek istediğim, ne tek başına beden ne de tek başına zihindir. Her ikisinin mükemmel bir birleşimidir. Sizin durumunuzda, Tanrı'ya olan aşırı bağlılığınız ve sevginiz normal değil. Ve "Tanrı'da yaşamak ve ölmek istiyorum" ifadeniz de bunu doğruluyor. Bu da seksinizi tamamen zihinsel yapıyor. Bu düzeltilmesi gereken zihinsel bir sapma. Ancak şu anki yaşam düzeninizde bunu yapmanıza gerek yok," diyerek sözlerini tamamladı Julie.

Annesi sessizdi. Düşünceli görünüyordu. "Tanrı'da yaşamak ve ölmek istiyorum," diye tekrarladı annesi sonunda. Romula kızının söylediklerinin, diğer psikologdan onun durumu hakkında duyduğu bir şeyle örtüştüğünü hissetti. Bir süre daha düşüncelerine dalmaya devam etti. "O zaman ayrılığımız kaderin bir oyunu olamaz mı?" diye sordu sonunda, Tanrı'nın dileğine atıfta bulunarak.

"Kader mi?" Julie inanamayarak sordu. Annesinin Tanrı'ya olan saplantısının kendisi için bir tür bağımlılık olduğunu hissetti.

"Evet," diye iddia etti annesi.

"Sana göre kader nedir?" diye sordu Julie.

"Bir cevap için Tanrı'ya bakmak yeterlidir," dedi annesi.

"Bana muğlak bir cevap vermene ne sebep oldu? Belki de 'evlilikler cennette kıyılır' sözüyle, sanki her insan faaliyeti Tanrı'nın kararına atfedilebilirmiş gibi, genellikle kader olarak adlandırılan uygunluğa olan inancınız. Yani bir evliliğin başarısından ya da başarısızlığından Tanrı'nın sorumlu olduğunu mu düşünüyorsunuz?" Julie, sorusunun annesini çıkmaz bir sokağa sokacağını bilerek bu sondaj sorusunu sordu.

"Her şey düşündüğünüz gibi değil. Tanrı kesinlikle mükemmel bir varlıktır, özenle mükemmelleştirilmiştir. Bu yüzden düşüncelerinde ve eylemlerinde yanlış yapamaz," diye iddia etti annesi.

"O zaman bir evliliğin başarılı ya da başarısız olmasında Tanrı'nın rolü nedir?" diye sordu Julie.

"Evlilik insanların Tanrı ile yaptığı bir antlaşmadır. Ve Tanrı'nın rolü, antlaşmanın bir parçası olmasına rağmen, bir yargıç rolüdür. Ancak Tanrı bize rehberlik eden bir süper güç olduğu için, O'nun İradesi üstün gelir. Dolayısıyla insanlar antlaşmaya uymadıklarında evlilikleri de başarısız olur. Ve bu da Tanrı'nın İradesidir," diye açıkladı annesi.

Ancak bu cevap Julie'nin sorgulayan zihnini tatmin etmedi. Annesinden daha fazla açıklama istedi. "O zaman bir evliliğin başarısız olması için Tanrı'nın sebepleri nelerdir?" Julie tekrar sordu.

"Böyle bir başarısızlığın nedeni bireylerde yatar. Onlar Tanrı'nın önceden belirlediği evlilik amacına ulaşamazlar," diye farklı bir şekilde cevap verdi annesi.

"O zaman bunlar nedir?" Julie sordu.

"Bu bireylerin Tanrı'nın yoluna göre evlilikte ısrarcı olmamaları! Evliliklerini Tanrı'nın yoluna göre yürütmekte başarısız oluyorlar," diye açıkladı annesi zaferle.

Bölüm 14

Julie, kocasıyla ayrıldıkları durumu anlatırken annesinin yüz ifadesini düşündü. Bulguları hakkında gizli bir değerlendirme yaptı: "Annemin kayıtsız ifadesi bana kalırsa çok anlamlıydı. Bir psikolog olarak satır aralarını okuyabiliyordum. Annem babamı sevemiyordu. Bu yüzden babamla ayrılma nedenlerini anlatırken kayıtsızdı. Eğer boynuna nikah düğümünü atan adama karşı bir sevgisi olsaydı, bu konuda konuşurken duygulanırdı. Ama öyle olmadı."

Daha önceki bir olayda da, annesine ergenlik çağındayken babasının atılmış bir fotoğrafını gösterdiğinde annesinin kayıtsız ruh halini hatırladı. Julie, annesinin sorunlarına ilişkin kendi görüşü ile psikoloğun görüşünün aynı olmasından dolayı mutluydu. Bu ona, aşkın nasıl tamamlanabileceğine dair araştırmasına devam etmek için ani bir destek verdi.

Bölüm 15

Julie, Freud'un psikanaliz versiyonunun sadece bariz kısmını açıklamıştı. Annesine daha derin ayrıntılara girmek istememişti: psikolojide baba saplantısı diye bir şey olduğunu ve Romula'nın babasına olan saplantısının sembolik bir geçiş geçirerek Tanrı olan bir baba figürüne saplandığını - yani babadan baba figürüne. Aklın garip yolları! Bu yüzden sık sık "Tanrı'da yaşamak ve ölmek istiyorum" diyordu. Annesi Tanrı'nın tertemiz sadık eşine dönüşmüş, O'nunla tamamen bütünleşmişti. Zihni tamamen Tanrı'ya adanmıştı ve O'nunla sevgi ve şefkat sağanağı alışverişinde bulunuyordu. Ve bu onun sorunuydu; hayattaki gerçek çıkmazının farkında olmasa da, evliliğinin başarısızlığının nedeni buydu. Bu Julie için açıktı, ama annesi için değil. Annesinin biricik kızına, sanki bu hayatta ona öğretecek başka bir şeyi yokmuş gibi, Tanrı'nın yarattıklarına duyduğu sevgi ve şefkati öğretmesinin nedeninin bu olduğunu biliyordu. Yine de Julie, annesinin Tanrı'nın sevgisi ve şefkati hakkındaki öğretisinin, O'nun sevgisinin nihai kaçınılmazlığına, tamamlanmasına ve sonluluğuna dair hiçbir ipucu içermediğini fark etmişti. Julie'ye göre, annesinin Tanrı'nın sevgisi hakkındaki görüşleri, başarıdan ya da sonluluktan söz edilmeksizin, zamanın önemsiz bir noktasında bilinmeyen bir yazar tarafından yazılmış, tamamlanmamış bir dönem parçasından ya da antikliği ile onurlandırılan ve nesilden nesile azalmayan bir inançla aktarılan geleneksel bir hikayeden başka bir şey değildi.

Julie, uzak geçmişte ortaya çıkmış, doğruluğu inananların inancından başka bir şey olmayan ve bilimsel destekten yoksun bu hikayenin yüzyıllar boyunca yok olmak yerine zamana nasıl ve neden dayandığını merak etti. Sadık inananlar tarafından korunan güvenilirliğini kaybetmeden nasıl hayatta kaldığını merak etti.

Sonra bilim kampı ile inananlar arasında uzun süredir devam eden sessiz bir savaşın sürdüğünü fark etti. Bu onun için yeni bir fikirdi ama annesiyle birlikte, kendisinin bilimsel gerçeklerin tarafını tuttuğu, annesinin ise kanıtsız inançlarını savunduğu sessiz bir savaş verdiklerinin farkındaydı. Bu onu tartışmadaki önceki noktasına geri getirdi.

Bölüm 16

Julie'nin annesiyle yaptığı uzun tartışmalara rağmen, Romula hala Julie'nin "anne gibi, kız gibi" olmasını istiyordu. "Seninle ilgili çok fazla rüya görüyorum," dedi annesi ona.

"Bir annenin kızı hakkında hayaller kurması doğaldır," diye cevap verdi Julie kayıtsızca.

"Ama seninle ilgili büyük beklentilerim var, Tanrı'dan korkan biri olmanı istiyorum. Annen olarak, Tanrı'yı sevmen ve erdemli bir yaşam sürmen için üzerime düşeni yapmak istiyorum." Romula kızı için geleneksel dileklerini dile getiriyordu.

Ancak Julie'nin görüşü farklıydı, kendi deneyimlerine ve psikolojik bilgisine dayanıyordu. Annesinin yaklaşımı, erdemlerin Tanrı vergisi olduğuna dair inancına dayanırken; Julie'ninki, insanların içgüdüsel özelliklerinin doğuştan geldiği ve kimsenin bunu inkar edemeyeceği, görmezden gelemeyeceği ya da engelleyemeyeceği mantığını izliyordu.

"İnsanların içgüdüsel özellikleri gerçektir," diye savunuyordu Julie. "Tanrı bize yaşamı üflediği anda ortaya çıktılar. İnananlara göre erdemler kavramı, On Emir aracılığıyla Tanrı'dan daha sonra gelen bir mirastır. Ama bana göre erdemler daha sonra, kültürlü ve medeni bir sosyal yaşam sağlamak için insan kazanımları olarak ortaya çıktı."

"Ama sonradan gelip gelmedikleri önemli değil. Önemli olan bu erdemlere ne kadar bağlı kalabildiğimiz ve onları ne kadar izleyebildiğimizdir," dedi annesi.

"Ama kültür ve medeniyet denilen şey insan zihninin daha temel içgüdüsel özellikleri ve düşünceleri için bir çerçeve, bir bağlamdır," diye karşılık verdi Julie. "Bunlar insan çabalarıyla ortadan kaldırılamaz. Bunlar, sonradan edinilmiş kültürel kazanımlar olan bir dizi değer ve erdem maskesi altında varlıklarını sürdürürler. Her zaman, durum gerektirdiğinde, bu doğuştan gelen özellikler yeniden ortaya çıkar. Sizin kültürel erdemleriniz bizim içgüdüsel özelliklerimizi kontrol edemez."

"Mantığınızın ardındaki mantığı anlayamıyorum. Lütfen ne demek istediğinizi açıklayın," diye cevap verdi annesi.

"Tanrı bizi erdemli insanlar olarak değil, tüm vahşi içgüdülerimizle ilkel insanlar olarak yarattı," dedi Julie.

"Ama Tanrı bize erdemli bir yaşam için On Emir'i verdi," diye karşı çıktı Romula.

"Ama Tanrı'nın erdemli bir yaşam için verdiği sözde On Emir'e rağmen değişmediğimizi görebilirsiniz. On Emir içgüdüsel, vahşi eğilimlerimizi değiştiremedi. İnsan çabasıyla asla değiştirilemeyecek olan Tanrı vergisi tüm içgüdüsel duygularımız için de aynı şey geçerlidir. İçgüdüsel ilkel özelliklerimiz ile edinilmiş erdemli özelliklerimiz arasında her zaman bir mücadele olmuştur ve içgüdüsel özelliklerimiz her zaman kazanmıştır. Her ne kadar erdemli olduğumuzu iddia etsek de, kültürel iddialarımızın perdesi arkasında değişmeden kalırlar. Bu nedenle modern toplumun kültürlü ve uygar biçiminin yalnızca toplumsal refah için bir gösteriş olduğunu, ancak tüm içgüdüsel, vahşi özelliklerimizle gerçek insanların saklandığı ve ara sıra ortaya çıktığı bir maske olduğunu söyledim. Erdemli özelliklerimizin çoğu zaman başarısız olmasının nedeni de budur. Ahlak ve erdem kodlarına rağmen modern dünyanın giderek şiddetle dolmasının nedeni de budur" dedi.

Annesinin Tanrı'nın ilahi, uhrevi sevgisini öğretmesine rağmen, Julie zihnindeki gençlik kıpırtılarını hatırladı. İşte o zaman, refahımız için erdemli özellikleri benimsemenin içgüdüsel özelliklerimizi ve duygularımızı örtmekte yetersiz kaldığını fark etti. Ergenlik deneyimlerini annesine anlatmaya cesaret etti.

"Ergenliğe girdiğimde zihnim güçlü fantezi duygularıyla doluydu ve bu da insanları gerçekte olduklarından daha ilginç bir şekilde görmeme neden oldu. Zihnim romantik hayaller ve duygularla doluydu. Geçen zaman zihnimdeki bu tür duyguların tomurcuklarını asla solduramazdı. Tam teşekküllü çiçeklere dönüştüler ve gençlik aşkının baş döndürücü kokusunu yaydılar. Zihnimin duyarlı ve kolayca harekete geçirilebilen güçlü duyguların gerçek bir mayası olduğunu fark ettim," diye açıkladı Julie.

Julie'ye göre "güçlü duygulardan oluşan gerçek bir mayalanma" sözleri, tamamlanmamış ya da nihayete ermemiş duygusal aşkın duygusal tanımıydı. Ama ardından gelen "duyarlı ve kolayca tahrik olan" ifadesi, Julie'nin hevesle peşinden koştuğu kaçınılmaz bir sonuca -aşkın nihai başarısına- götürecek olan dürtü anlamına geliyordu. Ancak bu annesinin görüşlerine ve öğretilerine aykırıydı, her ne kadar Julie annesinin Tanrı'nın ruhani, ilahi aşkı hakkındaki görüşlerine katılmasa da.

Ergenlik çağına geldiğinde, sık sık fanteziler kuruyor, hatta bazen ilahi aşkı bile düşünüyordu. Bu tür düşüncelerin neden bazen aklını kurcaladığını biliyordu: annesinin ruhani öğretilerinin etkisiydi bu. Annesinin inançlarının tutsağıydı ve etrafında bir hapishane duvarı oluşturmuştu. Ama annesi onun zihnini ruhani düşüncelerle tamamen hapsedemiyordu. Sadece rasyonel zihninde parlayıp kısa süre sonra yok oluyorlardı. Mantık ve psikolojik muhakeme yeteneği ile annesinin ruhani öğretilerini özümseyemiyordu. Çoğu zaman annesinin öğretilerini kabul ediyormuş gibi davranıyordu. Yapmacık tavırları annesinin keyfini yerine getirmek içindi. Neredeyse annesine, sorunlu bebekliği boyunca onu yetiştirmek için harcadığı acıyı geri ödüyor gibiydi. Ama onu seven tek kişinin annesi olduğu düşüncesi onu da şefkatli kılıyordu. Yine de annesinin temelsiz inançlara dayanan görüşleri uğruna psikolojik bilgisini feda etmeye hazır değildi.

Julie'nin araştırmasının sorularını çözmek için Ozan'la buluşma planı, annesinin karşıt görüşlerine rağmen hala zihninde canlıydı. Onunla buluşma yolculuğuna başlamadan önce, Julie annesiyle daha fazla tartıştı ve annesi Julie'nin Ozan'ın tavsiyelerine başvurmasına karşı görüşlerini dile getirdi. Annesi, Tanrı'nın öğretilerinin kişinin yaşaması için her şeyden önemli olduğunu, oysa Ozan'ın bilgisinin Tanrı'nınkinden daha aşağı olması gerektiğini söylüyordu.

"Ama anne, senin tüm bu görüşlerinde aşkın başarısından hiç söz edilmiyor. Öyleyse, aşkın nihai amacının sonunda Tanrı ile birleşmek olduğuna dair sık sık tekrarladığın cevabın dışında ekleyeceğin ne var?" Julie bir kez daha sordu.

"İnsan hayatı Tanrı'dan doğar ve sonunda Tanrı ile birleşir. Benzer şekilde, Tanrı'dan kaynaklanan sevgi de sonunda Tanrı'yla birleşir," diye tekrarladı annesi, sanki mantıksal bir damar içindeymiş gibi.

Bölüm 17

Julie, Lizbon Üniversitesi'nde sınıf arkadaşı Clement ile tanıştı. Uhrevi, ilahi aşkın nihai temelini araştırma yolunda ilerlerken, orijinal düşüncelere sahip parlak bir öğrenci olduğu için Clement'in arayışına yardımcı olabileceğini düşündü. Profesörleri ne zaman derslerine girse, Clement'in konuya katılımı tam olurdu. Şüpheleri vardı ve profesörlerin öğrettiklerini derinlemesine incelemelerini sağlayacak sorular sorardı. Öğrenciler konuya gerçekten dahil olduklarında, bu durum profesörlerin de konuya daha fazla dahil olmalarını sağlıyordu. Julie'nin araştırmasını kolaylaştıracağını umarak Clement'in yardımını istemesindeki etken de buydu. İlahi ya da uhrevi aşkın ne olduğu ve nihai amacı hakkındaki görüşlerini öğrenmek istiyordu.

Onu araştırmasının konusuyla tanıştırmanın bir parçası olarak bir plan yaptı. Tatil günlerinde onu dereye götürürdü. Böyle bir vesileyle, ona derenin kendisine gerçek aşkın ne olduğunu öğrettiğini söyledi. Adam ona baktı ve alaycı bir gülümseme takındı. Kız bunun ya cehaletten ya da konuya ilgisizlikten kaynaklanan bir gülümseme olduğunu düşündü. Sonra yine böyle bir durumda ona gerçek aşkın ne olduğunu sordu.

Clement, "Gerçek aşk, karşılıklı güven, karşılıklı inanç, karşılıklı kalp alışverişi, karşılıklı birliktelik özlemi ve zihnin birbirine karşı beslediği sevgi dolu duygulardır," diye yanıtladı. Sevgiyle ilgili açıklamasının cehaletini göstermesinden korkuyordu, çünkü sevgisiz bir ailede büyümüştü ve bu konu onun için kuru bir konuydu. Anne ve babasını hiç görmemişti. Babasının teyzesinin yanında kalan bir yetimdi. Ondan bile sevgi ya da şefkat görmemişti. Bunun nedeni onu sevmemesi değildi. Evdeki sevgisiz ortam ne teyze ne de çocuk tarafından istenmişti. Bu sadece onların yaşam tarzıydı. Clement, teyzesi tarafından tutulan bir dadı tarafından büyütüldü ve bu da onu yalnız bir çocuk haline getirdi. Dadı ona baktı ama çocuğun en çok ihtiyaç duyduğu anne sevgisinin sıcaklığından yoksundu. Görevini üstünkörü yapıyordu. Teyzesine gelince, o da meşguldü. Akşamları evden çıkıyor ve sabahları geri dönüyordu. Gündüzleri sadece uyuyor, ara sıra yemek için kalkıyordu.

Julie onun cevabının gerçekten hayal kırıklığı yarattığını düşündü. Adamın gerçek aşkın ne olduğunu bilmeden aşk hakkındaki genel kabul görmüş bilgelikten alıntı yaptığını hissetti. Bu onun aşk kavramının yakınından bile geçmiyordu. Onun aşk kavramı sadece seyri değil, aynı zamanda nihai çekimiydi de. Eğer birisi ona "falanca ve filanca aşık" derse, bunu ilişkilerinin yolunda gittiği şeklinde anlardı. Bu ifade onu hiçbir zaman cezbetmedi, çünkü ilişkilerinin tamamlanmasından söz etmiyordu. Aşkın tamamlanması için bir sonunun olması gerekirdi ve onun araştırma noktası da buydu. Clement'in söylediklerinde aşkın tamamlandığına dair hiçbir işaret yoktu.

Belki de sorusu çok genel bir soruydu. İlahi aşk hakkında spesifik bir cevap istiyordu, bu yüzden soruyu daha spesifik bir şekilde sordu: "Size göre ilahi aşk nedir?" Julie tekrar sordu.

Clement, "Tanrı'nın üzerimize yağdırdığı sevgidir," diye yanıtladı.

Julie onun cevabına katılamadı. Alıcıların rolünü dışarıda bıraktığı için cevabın oldukça tatmin edici olmadığını düşündü. Onun nihai sorusuna tercih ettiği cevap, sevginin karşılık bulması gerektiği yönündeyken, Clement'in cevabında sevginin karşılık bulmasına dair herhangi bir atıf yoktu. Sevgi ancak karşılık gördüğünde zirveye ulaşır. Bu yüzden Clement'in cevabı onun için işe yaramadı. Bu yüzden sorusunu gündelik aşktan yola çıkarak farklı bir şekilde sordu. "Size göre aşkın nihai noktası nedir? Bu nasıl başarılabilir?" Julie sordu.

Clement boş boş gülümsedi ve sonra cevap vermeye cesaret etti: "Bir erkek ve bir kız tanıştığında, bazen aralarındaki sevgi aşka dönüşür ve aralarında bir bağ oluşur. Bu sevgi ve şefkat buluşmalarının nihai noktasıdır - aralarında sevginin doğması," diye yanıtladı Clement

Julie onun cevabının aslında öğrenmek istediğinin yakınından bile geçmediğini hissetti. "Hiç böyle bir deneyim yaşadınız mı?" Julie merakla sordu.

"Hayır," dedi alaycı bir gülümsemeyle. Sonra durakladı, düşüncelerine daldı.

Julie onun bir şey mi sakladığını yoksa doğruyu mu söylediğini öğrenmek istiyordu. Bu yüzden sorusunu farklı bir şekilde yöneltti. "Tanıştığın kızlardan herhangi biri seni cezbetti mi?" diye sordu.

"Kızlar her zaman çekicidir, tıpkı erkekler gibi," diye cevap verdi rahatça.

Julie, sorusunun yine amacına hizmet etmediğini görünce hayal kırıklığına uğrayarak, "Oh, anlamıyorsun," diye cevap verdi. Belki de soruyu farklı bir şekilde sormalıydı. Aşkın ilk nedeni ya da ilk aşaması hakkında bir soru sormak istiyordu - bir erkek ve kızın ilk karşılaşması. Sonra bunun sonucu olan ikinci aşama olan arkadaşlığın büyümesi hakkında. Son olarak da arkadaşlığın (gerçekleşmesi ya da gerçekleşmemesi muhtemel) olası sonucunu, yani tam teşekküllü aşkla doruğa ulaşmasını sorması gerekiyordu. Bu yüzden bir sonraki adım olarak "Bir erkek ve kız tanıştığında sonuç ne olur?" diye sordu.

Clement, "Doğal olarak arkadaşlığa dönüşür," diye yanıtladı.

"O zaman böyle bir arkadaşlığın olası sonucu ne olabilir?" Julie, "Arkadaşlık aşkla sonuçlanabilir de sonuçlanmayabilir de," diye sordu Clement.

Ama cevabının tam olarak duymak istediği şey olmadığını biliyordu, çünkü nihai sorusunun cevabı yine onun cevabında eksikti. Ama sanki ona, bir erkek ve bir kızın tanışması, bunun sonucu olan arkadaşlık ve sonra da arkadaşlıktan nihai nokta olan karşılıklı aşk olasılığına kadar olan sıralamada rehberlik ediyordu. Ancak Julie ona istediği nihai cevabı söyletemedi, bu yüzden daha analitik olmaya karar verdi.

"Arkadaşlık nedir?" diye sordu, sanki Clement'ten bir ilk tanım istermiş gibi.

Clement, "Arkadaşlık sadece insanlar arasındaki iyi niyet ilişkisidir," diye yanıtladı.

Verdiği cevap Julie'nin sorabileceği başka sorulara açık bir yol göstermiyordu. Bu açıklamadan sonra bile Julie'nin hayal kırıklığına uğradığını fark etti. Bu yüzden endişelendi, çünkü Julie'nin onun cahil olduğunu düşünmesini istemiyordu. Böyle cevaplar vermeye devam ederse Julie'nin ondan uzaklaşacağını görebiliyordu ve bu da onu üzüyordu.

Bölüm 18

Yirmili yaşlarında normal bir genç adam olarak Clement'in arkadaşlık, romantizm vb. konularda bilgili olması gerekirdi. Ama verdiği cevaplar Julie'ye onun gençliğin romantik heyecanlarından yoksun olduğunu düşündürdü. Zihninin bu kısmı uyuşmuş gibiydi. Bilgili ve özgün düşüncesi ve psikoloji derslerine aktif katılımı Julie'ye onun hakkında farklı bir resim vermişti. Ama iş arkadaşlığa ve aşka geldiğinde, kayıtsız görünmesi Julie'yi şaşırtmıştı. Öte yandan Clement, Julie'nin onun tavırları hakkında daha fazla soru sormaya takıldığını görebiliyordu. Nasıl başladığına bakılırsa, bu tür soruları sormaktan vazgeçmeyeceğini biliyordu. Bu yüzden onu mümkün olduğunca çabuk başından savmak istedi.

"Peki sana göre gerçek dostluk nedir?" Clement aceleyle sordu. Julie tarafından bu kadar çok soru bombardımanına tutulduğu bu durumdan kurtulmak istiyordu.

"Gerçek dostluk, insanlar ve doğa arasında gördüğümüz şeydir," dedi Julie, sanki sorusu genel olarak dostlukla ilgili sığ bir soru değilmiş, gerçek dostluk, aşk ve romantizm ve daha da önemlisi bunların sonluluğu hakkında derin bir farkındalığa sahipmiş gibi. Ondan sorusuna spesifik bir yanıt almak istiyordu.

Clement sorusunu geçiştirerek, "Özür dilerim, sizi tam olarak anlayamadım," dedi.

"Sana gerçek dostluğun ne olduğunu sordum. Çünkü senden ne öğrenmeye çalıştığımı anlamanı istiyordum. Giriş sorularını sana yönelttim, ardından gelen sorularımı kolayca anlayabileceğini umuyordum. O zaman senden ne almak istediğimi doğru bir şekilde anlayacaktın." Julie açıkladı.

Clement beynini zorlamaktan kaçınarak, "Sanırım benden istediğin cevabı bana söylemen daha iyi olur," dedi.

"Aşkın gerçek dostluktan doğduğu doğrudur. Ve senden ilk cevap olarak istediğim de buydu," diye yanıtladı Julie, Clement'in görüşüne katılarak.

"İyi ki kurtulduk!" Clement, Julie "nin cevabı kendisinin verdiğini düşündü. Konuşmaya devam etmesini istiyordu, böylece onun sivri sorularından kaçabilecekti.

Clement onun konuşmasını bekleyerek, "Evet, devam et," dedi.

"Şimdi size cevaplarınızın sorularıma yardımcı olmadığını söylememe izin verin. Zırvalamanız, hiçbir şey ifade etmeyen işe yaramaz bir kelime karmaşasına bürünmüş, belirsiz bir saçmalıktan başka bir şey değil. Sorularıma verdiğin yanıtların eksik olduğunu hissediyorum, sanki düşünürken ya da deneyimlerinde yarı yolda kalmışsın gibi. Enine boyuna düşünmeniz gerekiyor, çünkü hayati kısım açıkça eksik," dedi Julie, hayal kırıklıklarını zorla ifade ederek.

"O zaman sana bir şey söyleyeyim: sen ve ben farklı insanlarız, bu yüzden aynı şekilde yanıt vermeyeceğiz.

Neden sen sadece konuşmuyorsun, ben de ne zaman ve nerede bir değişiklik gerektiğini hissedersem araya gireceğim," dedi Clement hışımla.

Bu onu cehaletini göstermekten kurtarmak için kullandığı bir taktikti. Bunun onun bilgili olduğu bir konu olmadığını biliyordu. Ancak Julie onun aklından geçenleri okuyabiliyordu ve Clement'in cehaletini göstermesine izin vermemeye karar verdi. Böyle bir durumun utanç verici olacağını düşünüyordu, bu yüzden o da bundan kaçınmak istedi.

"Cevaplarınız insani çekicilikten yoksun. Gerçek dostluk, insanlar ve doğa arasında gördüğümüz şeydir. Ve nihayetinde gerçek aşk bizim doğadan, doğanın da bizden aldığı şeydir," dedi Julie romantik bir tonda ve nihai ilahi aşka dair sorularını hazır tutarak.

"Bu fikre nereden kapıldınız?" Clement aşk ve doğa arasında bağlantı kuramayarak sordu. "Dere bana bunu öğretti ve bu böyle işliyor," diye iddia etti Julie.

"Devam et," dedi Clement cesaretlendirici bir şekilde. Julie'nin cevabı ona oldukça tuhaf gelmişti. Ama en azından onda biraz şaşkınlık uyandırdı ve bu onu meraklı yaptı. Julie'den daha fazlasını duymak için neredeyse can atıyordu.

"Aşk ve doğa arasında bağlantı kuramadığınızı biliyorum. Aralarındaki ilişkiyi neden göremediğini biliyorum," dedi Julie.

"O zaman neden?" Clement onun cevabını bekleyerek sordu.

"Aşkı insani bir duygu olarak görüyorsun, oysa sana göre doğa cansızdır. Bu yüzden böyle düşünmeniz doğal," diye yanıtladı Julie.

"Evet, bu konuda haklısın!" Clement kabul etti.

Julie kendinden emin bir tavırla, "Öyleyse gerçek aşk kavramına neyin dahil olduğunu sana söylememi istiyorsun," dedi.

Clement mükemmel bir açıklamaya davet ederek, "Anlat bana," diye cevap verdi.

"Gerçek aşk kavramının doğa ile ayrılmaz bir bağı vardır. Doğa sandığınız gibi ölü bir ördek değildir. Gerçek aşk, aşk duygusunun doğanın tüm yüce ve güzel yönleriyle birleşmesidir. Gördüğümüz gibi doğa, doğasında çok çeşitli canlı yönler barındıran kapsamlı bir bütündür. Ama aşkın mükemmel olabilmesi için daha fazlasına ihtiyacı vardır ve benim araştırdığım nokta da budur," diye cevap verdi Julie biraz da otoriter bir tavırla.

"Lütfen biraz daha detaylandırın," diye karşılık verdi Clement.

"Doğadaki her şeyin gerçek aşk kavramında oynayacağı bir rol vardır. Sonuç olarak, doğadaki her şeyin insan yaşamında da bir rolü vardır," diye açıkladı Julie.

"Ama sizden daha fazla ayrıntıya ihtiyacım var," diye itiraz etti Clement. "Gerçek aşkın ne olduğu noktasına geldiniz, ancak doğanın aşka gerçek anlamını vermede nasıl bir rol oynadığını daha analitik bir şekilde açıklamalısınız."

"Her şeyden önce, gerçek aşkın kelimelerin ötesinde olduğunu anlamalısınız," diye yanıtladı Julie. "Doğanın insanoğluna olan sevgisine gelince, doğanın gerçek sevgi işaretlerini gözlemlemeli ve gerçek anlamlarını yorumlamalıyız. Bu işaretleri gözlemlemeyi öğrenmeliyiz. O zaman doğanın dilini anlayabilir ve doğanın bize olan sevgisini ne kadar güzel ifade ettiğini, bizi ne kadar sahiplendiğini anlayabiliriz! Ama sen gözlemci bir tip değilsin," diyerek onu suçladı.

"Ama bu konuda endişelenmene gerek yok," diye cevap verdi Clement kendinden emin bir şekilde. "Doğru, senin kadar gözlemci değilim; ama artık senden öğrenecek kadar iyi ayarlandım, bu yüzden sorun yok."

"Gerçek aşk ne tek başına mutluluk ne de tek başına hüzündür, ikisinin karışımıdır. Aşk gerçek olduğunda, çiftler bir çırpıda ayrılmazlar. İyiyi de kötüyü de soğukkanlılıkla karşılarlar. Gerçek aşka giden yol tökezleyen engellerle doludur; Shakespeare'in dediği gibi, "gerçek aşkın yolu hiçbir zaman pürüzsüz olmadı". Gerçek aşk kırmızı, kırmızı bir gül gibidir; onu kendinize ait kılmak istiyorsanız dikenlerini de aşmanız gerekir. Doğanın romantik eğilimimizin nasıl bir parçası olduğunu göstermek için doğadan bir örnek vereceğim," dedi Julie, amacına ulaşmak için kendini hazırlayarak: "Her şeyin dışında, doğada en çok aşk kokan iki şey nedir?" Julie sordu.

"Üzgünüm, bilmiyorum," diye yanıtladı Clement, Julie'nin açıklamasını bekliyordu.

Julie cevabını hemen verdi. "Çiçekler ve kelebekler. Çiçekler insan rüyalarının sembolüdür; çiçekler her gün yeniden açar ve rüyalar da öyle. Taze çiçekler gibi, aşıkların hayalleri de her gün yenilenen bir güçle taze umutlarla dolar. Kelebekler, aşıkların kelebekler gibi yüksekten uçan hayallerinin sembolüdür. Aşıklar aşklarının nektarının tadını çıkarmaya çalışırlar, kelebekler de öyle. Hayaller ve fanteziler belki de aşıkları taşıyan arabanın üzerinde ilerlediği iki tekerlektir. Bu güzellikler, tadını çıkarmamız için doğanın bize armağanıdır. Ve doğanın bu jesti, bize olan sevgisini açıkça ortaya koyan sevgisidir. Doğa, şairleri romantik dizeler söylemeye zorlar ve böylece romantik dizeler doğaya olan sevgimizden doğar. Peki bu neyi gösterir? İnsan ve doğa arasındaki karşılıklı sevginin kanıtıdır. Doğanın bize olan sevgisi, doğal ihtişamında içkindir ve karşılığında bizim sevgimiz romantik şiirler şeklini alır. Wordsworth'ün kendisini ve çevresini unutarak "bakıp bakıp durmasına" neden olan o kalabalığın, o altın çiçeklerin çekici güzelliğini bir düşünün. "Nergisler olmasaydı nerede olurduk?" diye bitirdi Julie muzaffer bir edayla.

"Peki ya gökyüzü, güneş, ay ve yıldızlar, tepeler, vadiler, denizdeki kabaran dalgalar?" Clement karşılık verdi.

"Onlara geliyorum," diye yanıtladı Julie.

"O zaman devam et," dedi Clement, biraz aceleci davrandığının farkındaydı.

"Eğer dinlerseniz, ıslık çalan rüzgârların arasından doğanın sevgi dolu sözlerini duyabilir, geçen bulutların arasından sevgi dolu gülümsemesini görebilirsiniz. Süreç devam eder, sanki size doğanın sevgi dolu sözlerinin ve gülümsemelerinin sonsuz olduğunu anlatmak ister gibi. Anların tik takları, doğanın bize olan sevgi dolu kalp atışlarının sembolüdür. Güneş doğudan doğarak yeryüzünü aydınlatır, ısıtır ve karla kaplı dağların zarafetini ortaya çıkarır. Güneş battığında, doğa zihnimizi ayın beyaz parlaklığı ve yıldızların sert ışıltısıyla aydınlatır. Ardından, bizi mutlu edenin mevsimlerin kendisi değil, mevsimlerin değişimi olduğu mesajını veren kendine özgü özelliklerini sergileyen çeşitli mevsimler ortaya çıkar. Bu bize, sevgimizi yenileyen, sevgimizin büyümesine neden olan ve sevgimizi ebedi kılan şeyin mevsimlerin değişimi olduğuna dair sembolik bir derstir. Bu doğanın bize sevgi mesajıdır, çünkü doğa bizim mizacımızı bilir; mevsimler değişmezse monotonluğa dayanamayacağımızı bilir. Tüm bu doğa olayları bizim rahatımız içindir. Doğa ve insanoğlu karşılıklı bir uyum içindedir. Uyumun nedeni, insanlığın ve doğanın karşılıklı sahipleniciliğidir.

"Devam edin." Clement bundan keyif alıyordu.

"Ayçiçeğine bakın: duyusal parlaklığı zihnimizde duyusal hayaller uyandırır. Bize güneşle olan ebedi aşkının baştan çıkarıcı, canlı ipliğini öğretir. Enerjisini güneşten alır; büyüleyici ışıltısı güneşten gelir ve güzelliğini ikiye katlar. Sevgisi bulaşıcıdır; sevgi gücünü insanlara yayar ve bizi neşeli ve romantik tutar. Güneşi takip eder, dünya yörüngesinde hareket ederken bile yüzünü güneşe doğru tutar. Bize gerçek sevginin karşılıklı birleşmesi gerçeğinden başka ne gösterir? Güneş ve ayçiçeği birbirleri için yaratılmışlardır. Birbirlerini severler. Aşkları sonsuza dek birleşir. Böyle bir doğa olgusu bize gerçek aşk ve romantizm üzerine ciltler dolusu yazı yazmaya yetecek kadar şey anlatmıyor mu? Bunlar, gerçek aşkın ne olduğunu doğanın hacimli kitabından öğrenmemiz için doğanın bize bir daveti değil midir? Doğanın kitabı her zaman önümüzde açık durur. Okunmak için değil, gözlemlenmek içindir. Bu neyi gösterir? Bize gözlemci olmayı öğretir. Bize alma ve verme kavramını öğretir. Bize hoşgörüyü öğretir. Bize fedakârlık kavramını öğretir. Tüm bunlar aracılığıyla bize gerçek, ebedi sevginin mesajını verir. Sadece sevgi gerçek olduğunda bizi hoşgörülü ve fedakâr yapacağını öğretir," diye açıkladı Julie.

Julie sözlerine şöyle devam etti: "Umarım derenin bana öğrettikleri hakkında size söylediklerimi hatırlıyorsunuzdur. Sevgi duygusu bize ekstra enerji verir, ruhumuzu yükseltir, romantik düşüncelerini ve vizyonlarını sağlam tutarak yükseklere çıkar. Doğaya baktığımızda zihnimiz romantizmle dolar. Ya doğanın yüce ve çekici özellikleri içimizdeki sevgi duygusunu artırır ya da bizi ondan gerçek sevginin esaslarını öğrenmeye davet eder. Ancak çoğu zaman gözlemci olmayı başaramayız. O zaman doğanın tüm bu ayırt edici romantik özellikleri - gökyüzündeki gök cisimleri, tepeler, uzak vadilerden çiçeklerin baş döndürücü kokusunu getiren rüzgarlar, nehirlerin ve derelerin akan suları, sayısız tonda en zarif çiçekleri üreten, içimizde aşkın kıpırtılarını uyandıran çeşitli şekillerdeki ağaçlar ve bitkiler - birbirlerini de severler," diye bitirdi Julie yüksek sesle.

Bölüm 19

Clement şaşkınlıkla ona bakıyordu.

Julie, doğanın tüm yüce ve güzel özelliklerinin içimizde nasıl sevgi kıpırtıları yarattığını anlatırken, son kısım olan "onlar da birbirlerini severler" ile ne demek istediğini anlayamadı ve Julie'den bu kısımla ilgili bir açıklama istedi.

Julie, "Demek istediğim, içimizde doğaya karşı sevgi duygusu uyandırabilen tüm bu ayırt edici özellikler, aralarında karşılıklı sevgi de var," diye açıkladı.

Clement onun açıklamalarını hemen hemen anlayabiliyordu. Bu, Julie'nin ona söylediklerinin tamamen anlaşılmaz olmadığı anlamına geliyordu. Julie'ye başlangıçta ne söylediğini hatırladı, açıklamasının daha fazla açıklığa ihtiyacı olduğunda araya gireceğini söylemişti. Julie'nin açıklamaları onun anlattıklarına olan ilgisini yeniden canlandırmıştı. Açıklamasından sonra, konuyu saptırdığı noktaya geri dönmüştü.

"Apollo neden bir zamanlar aşkı olan Daphne'den uçup gitti? Othello'nun Desdemona'ya olan aşkı gerçek değildi; onun sadakatinden şüphe ediyordu..." Julie bu engellenmiş aşk örneklerinden bahsetti.

"Konuyu saptırıyor gibisiniz," diye araya girdi Clement. "Neden bu hikâyelerden alıntı yapıyorsunuz? Tartışmalarımızın amacına hizmet etmiyorlar."

"Burada söylediğim her şeyin bir amacı var. Onlar da çok bağlamsal ve konuyla ilgili," diye ısrar etti Julie.

"O zaman bana tüm bu hikayelerin bu bağlamdaki önemini anlatın?" Clement sordu.

"Bu bağlamda çok büyük önemleri var. Sana anlattıklarımı takip ediyor muydun?" Julie karşı bir soru sordu. Ancak bu soru Clement'in el yordamıyla bir cevap bulmasına neden oldu. "Sana ne anlattığımı hatırlıyor musun?" Julie, Clement'in kafa karışıklığını hissederek tekrarladı. Sonra, Clement'in cevabını beklemeden, Julie kendisi cevap verdi: "Sana derenin bana gerçek aşkın ne olduğunu nasıl öğrettiğini anlatmamış mıydım?"

"Bu doğru," diye itiraf etti Clement.

"O zaman bu ne anlama geliyordu?" Julie tekrar sordu.

"Gerçek aşk derenin sana öğrettiği şeydir," diye yanıtladı Clement.

"O zaman Apollo-Daphne, Othello-Desdemona ve diğer hikâyelerden bahsetmemin nedeni ne olabilir?" Julie sordu.

Clement, "Efsanevi olsa da aşk hikâyelerinin gerçek olmadığına işaret etmek için olabilir," diye yanıtladı.

"Haklısın! Sana gerçek aşkın nasıl bir şey olduğunu ve samimiyetsiz aşkın nasıl bir şey olduğunu göstermek içindi. Apollo'nunki, Othello'nunki başarısız oldu çünkü aşkları gerçek değildi," diye talimat verdi Julie, açıklamasının Clement'e gerçek aşkın incelikleri hakkında kapsamlı bir anlayış ve bilgi vereceğini umarak. Devam etti: "Bazıları gerçek aşkın makul bir açıklamasını yapmaya çalışmıştı. Kalp dünya kadar büyüdüğünde ve dünya bir kalp kadar küçüldüğünde. Şimdi bu tanıma ne diyeceksiniz?" Julie sordu. Clement'in anlattıklarına daha fazla dahil olmasını, gerçek aşkın ne olduğunu anlamasını istiyordu.

Clement, "Üzgünüm ama bu konuda sizin kadar bilgili değilim, bu yüzden sizin bana anlatmanız daha iyi olur," diye itiraf etti.

"Bu tanım, hayal gücü yüksek şairler için iyidir. Ama işlevsel değil. Bu tanım kurak, sığ bir aşk hissi veriyor; gerçek aşkın özünden yoksun. Gerçek aşkın yüceliğine ve yaşamsal özelliklerine dokunmuyor, bu yüzden de gerçekçi olamıyor.

Ve size daha önce aşkın başarısızlığı hakkında ne söylediğimi hatırlıyor musunuz? Her başarısızlık bir derstir. Peki aşkın başarısızlığından ne öğreniyorsun?" Julie, ona aşkın başarısızlığı hakkında söylediklerini hatırlatırcasına sordu. Bu soru onun için önemliydi ve Clement'e daha önce söylediği cevap da öyleydi. Şimdi cevabı onun aklına getirmek istiyordu. Bu yüzden bekledi.

Clement dalgındı. "Özür dilerim, hatırlamıyorum, lütfen tekrar söyle," diye yalvardı.

"Samimiyetsiz aşk ya da gerçek olmayan aşk, zamansız bir ölümle yarı yolda bırakılmış gibi başarısız olur," dedi Julie, sanki Clement'e hatırlaması için bir ipucu veriyormuş gibi. Cevabı hatırlayıp hatırlayamayacağını öğrenmek için bekledi ama hatırlayamadı.

"Peki ne olmuş?" Clement sorma cesaretini gösterdi.

"Sana söyleyeyim. İlahi aşk gibi, samimiyetsiz ya da gerçek olmayan aşk da nihayete ulaşamaz. Başarısına ulaşamaz. Umarım en azından araştırmamın amacını hatırlıyorsundur: ilahi aşkın doruk noktasının nasıl gerçekleştiğini bulmak," dedi Julie sonunda zorlayıcı bir tonda. İlahi aşk ve samimiyetsiz aşk üzerine yaptığı etkili analizin Clement'in gözünde başarılı olamadığını hissetti ve üzüldü. Ama hedefine ulaşmak için tek başına ilerleyecek inat ve azme sahipti.

Clement de onun sorusuna cevap veremediği için utanıyordu. Bu durumdan kaçınmak için başlangıçta Julie'nin sorularını kendisinin yanıtlamasını istemişti. Ama bu sefer işe yaramadı. Bu yüzden Julie'nin dikkatini dağıtmak için sorular sorarak yine güvenli oynamak istedi. "O halde gerçek aşk nerede ve nasıl bulunabilir?" Clement tekrar sordu.

"Gerçek ya da hakiki aşk sadece deneyimlenebilir. Bir meyve gördüğünüzü hayal edin. Lezzetli olup olmadığını söyleyemezsiniz, çünkü tadına bakarak deneyimlemediniz. Sevgiyi her yerde görürsünüz ama gerçek olup olmadığını anlayamazsınız. Doğayı izleyerek ipuçları elde edersiniz. Sevgiden övgüyle bahsetmek ve klişe sözler vermek, sevginin alışılagelmiş basmakalıp yöntemleridir. Böyle bir aşk inanılmaz derecede bayağıdır. El ele aşk şarkıları mırıldanarak yürüyen, kahvehaneleri ya da büfeleri ziyaret eden aşıklar asla gerçek aşkı yaşamazlar. Kalplerinde samimiyetsiz düşünceler barındırırlar. Sevginin harmanlanması yoktur. Onlar aşkı taklit eden kafirler gibidir, en ufak bir provokasyonda birbirlerinden koparlar," diye açıkladı Julie. Julie sözlerine şöyle devam etti: "Gerçek aşkı deneyimlemek için en iyi yer şu anda durduğumuz yerdir. Yani, derenin kenarında. Şuna bir bakın. Eğer gündüzse, güneşi ve içindeki kabarık, kümülüs bulutlarını görebilirsiniz. Geceleyin de benzer şekilde ayı, yıldızları ve bulutları görebilirsiniz. Derenin akan sularının gücü bunu bozamaz. Bu neyi gösteriyor? Yeryüzü ile gökyüzü, yıldızlar, ay ve bulutlar arasındaki kopmaz bağı. Gün ışığında birleşirler; geceleyin birleşirler. Birleşme her zaman burada, azalmadan devam ediyor ve bu gerçek aşk ve derenin bana öğrettiği de bu," diye bitirdi Julie.

"Peki tüm bunlar ilahi aşk, onun doruk noktası, son noktası, araştırmanızın amacı için de geçerli mi?" Clement biraz şaşkın ama yarı kabullenmiş bir şekilde sordu.

Julie bu soruyu Clement'ten bekliyordu; kafasının karışabileceğinden biraz endişeliydi, bu yüzden daha fazla açıklama yapmaya cesaret etti: "Doruk kelimesi aşkın farklı türlerine göre farklılık gösterir. Doğa söz konusu olduğunda, bu birleşme, ebedi bağdır. İlahi sevginin doruk noktası Tanrı'nın yaratıcı faaliyetleridir, çünkü O'nu insanoğlunu yaratmaya iten Tanrı'nın sevgisidir. Dolayısıyla gerçek sevginin bir sonu vardır. Bu silinmez bir yaşam deneyimidir. Bu yüzden kendi düşüncelerinizi kullanmalı ve sonuçlara varmalısınız. Sizin böyle bir jestiniz benim analizimde daha derinlere inmemiz için bize güç verecektir. Karşıt görüşler ve akıl yürütmeler bana hedefime ulaşmam için doğru yolu gösterecektir."

Clement, Julie'nin bilgeliği karşısında hayrete düşmüştü. "Sen olmasaydın bu içgörüye asla sahip olamayacağımı biliyorum. Şimdi, doğaya karşı kör olduğum ve anlayışsız bir kalbe sahip olduğum için şimdiye kadarki hayatımın boşa gittiğini hissediyorum. Nasıl bu kadar aydınlandığınızı merak ediyorum!"

Julie hala Clement'in görevinin ayrıntılarını, ruhani, ilahi aşkın nihai ya da başarısını tartışacak kadar bilgili olmadığını düşünüyordu. Bu yüzden sessiz kaldı. Ama aşk hakkındaki tüm deneyimleri onu bilge yapmıştı. Aşk kavramının tamamlanması için daha fazlasını istediğini hissetti. İşte bu yüzden nihai cevapları aramaya koyulmuştu. "Eğer aşk samimi ya da ilahi ise, biz ona gerçek deriz. Ama aşkın tamamlanmış olması için, tamamlanmış olması, nihai olması gerekir; nihai çözüme ulaşması gerekir," diye düşündü Julie, zihnini nihai hedefiyle tazeleyerek.

Sonra Clement'e sordu: "Seninle arkadaş olmaktan neden hoşlandığımı biliyor musun?"

"Başkalarının zihinlerini bilmek için eğitilmedim, bu yüzden senin nedenlerini nasıl bilebilirim?" Clemented çekingen bir tavırla sordu.

Julie onun aşk, arkadaşlık ve benzeri şeylere ilgisizliğini görebiliyordu, ancak romantik soyutlamaların ince yorumları ve daha derin çağrışımlarıyla onun zihnine bir şekilde kendisine karşı bir tür hayranlık aşılamayı umuyordu. Psikoloji konusundaki derin bilgisine rağmen, zihninin kapılarının daha duygusal konulara kapalı olduğunu biliyordu.

"Ama bu koşullarda kendi sonuçlarına varabilirsin," diye ekledi Julie.

Clement cevap verdi: "O zaman uzun süreli tanışıklığımız ve dostça davranışlarım sizin için kabul edilebilir olabilir. Ama sizinle vakit geçirmek için kendi nedenlerimden eminim. İyi bir insan olduğunuza dair inancım; sonra bilgeliğiniz ve nihai ilahi aşk denen şeyi bulma konusundaki ısrarınız geliyor! Beni mutlu eden ve sizi sabırla dinlememi sağlayan şey zihninizin merakı. Hayatın mistik deneyimini aramak için yaptığın kahramanca yolculuğu ve hedefine ulaşmak için gösterdiğin amansız hırsı seviyorum."

"Ama beni harekete geçiren bu değil," dedi Julie düşüncelerine dalarak. Özel nedenini anlaşılır bir şekilde nasıl sunacağını düşünüyordu.

"İşte bu yüzden sana söyledim: Zihninin mantığını okuyamam," diye tekrarladı Clement. "Haklısın!" dedi Julie ve bir an durakladı.

Clement, "O zaman bana sebebinin ne olduğunu söyle," diye sordu.

Julie yine düşünceliydi. Bir oyun planı vardı. Ama asıl soruya geçmeden önce, ona arkadaş olma ya da aşık olma nedenlerini anlatmak istedi. Bu yüzden paradoksal bir şekilde, "Sana olan yakınlığımın nedeni, senin bazı ilgi çekici özelliklere sahip biri olduğuna dair izlenimimdir," dedi.

"Tek nedeniniz bunlar mı?" Clement cevap verdi.

"Hayır, daha fazlası var," diye yanıtladı Julie, sanki elinde daha fazla neden varmış gibi, konuya gelmeden önce konuşmayı uzatmak istiyordu.

"O zaman neden bana hepsini anlatmıyorsun? Görünüşe göre beni önemli bir şey duymaya hazırlıyorsun," diye patladı Clement, biraz sabırsızca.

"Benden duymuş olun, uzun boylusunuz, yakışıklısınız, güzel bir yüzünüz var. İyi giyiniyorsun. Derslerinde çok başarılısın," dedi Julie ona iltifat etmek için. Ama bunun bir kamuflaj olduğunu biliyordu, onu sakinleştirmek, açık yürekli olmasını sağlamak için bir şeyler geveliyordu. Ama sadece kurnaz gözlerinin görebildiği bir şeyi saklıyordu: tüm takdir edilebilir niteliklerine rağmen onda eksik olan bir şeydi; kendi zekice girişimleriyle ondan çıkarmak istediği bir şeydi.

"Bana söylemek istediklerinin hepsi bu mu?" Clement, sanki Julie'nin söyleyecek başka bir şeyi yokmuş gibi sordu.

Bölüm 20

Julie, Clement'e hazırlıksız olduğu en önemli soruyu sormaya hazırlanıyordu. Başlangıçtaki çekingenliğini üzerinden atmış ve oldukça rahat görünüyordu.

Sonunda Julie ağzından kaçırdı, "Seni izlerken fark ettim ki kızlar seni hiç cezbetmiyor. Onlara hep uzak durma eğilimindesin. Kızların yanında hiç görünmüyorsun. Sınıf arkadaşlarınla karşılaştığında, yanlarından gülümseyerek geçip gittiğini ama onlarla sohbet etmek için hiç durmadığını çok gördüm. Yani sınıf arkadaşlarınız sizinle aralarına mesafe koyuyorlar. Neden böyle davranıyorsun? Senin hakkında daha fazla şey öğrenmek için beni daha da meraklandırıyorsun. Bu tuhaf davranışının altında yatan bir neden olmalı." Julie birdenbire Clement hakkındaki gerçek fikrini açık yüreklilikle ifade etmeye başladı.

"Sınıf arkadaşlarıma gülümsediğimi ve onlarla tek kelime etmeden uzaklaştığımı düşünüyorsun. Karakterimin bu yönünü başkaları için rahatsız edici buluyor musunuz?" Clement sordu. Kayıtsızlığı yerini yüzünde okunabilen belli bir endişeye bıraktı.

"Öncelikle şunu söyleyeyim, gülümseme tüm insanlar için ortak bir dildir: dostça bir jest, arkadaş edinmeye davettir. Sevginin felsefesi "gülümseme ver ve başkalarından gülümseme al "dır. Tüm jestler arasında gülümseme en hoş olanıdır. Karşılıklı bir gülümseme zihinlerimizde uhrevi bir haz parıltısı yaratır, çünkü zihinlerin karşılıklı saygı ve takdirini gösterir. Bunun fiziksel kısmı ise insanları birbirine yaklaştırmasıdır," diye açıkladı Julie.

"O zaman söyle bana gülümsememin nesi var?" Clement sordu.

"Gördüğüm kadarıyla tek başına gülümsüyorsun ve bunu arkadaşlarınla paylaşma eğilimi göstermiyorsun. Evrensel sevgi felsefesi karşılıklılık kavramını içerir. Hissettiğim şey, sevginizi asla başkalarıyla paylaşmak istemediğiniz ya da başkalarının dostça sevgi dolu karşılıklarını geri almak istemediğiniz. Bu sizin soğukluk kompleksinizin bir parçası" dedi Julie samimiyetle.

Clement açıkça utanmıştı. Bu durum onu bir süre susturdu. Julie'ye bir açıklama borçlu olduğunu biliyordu ve cevap vermek için çok fazla zaman ayıramayacağını da biliyordu. "İma ettiğiniz gibi ben yalnız biriyim. Ama kendimi hiç yalnız hissetmedim. Yoldaşım olarak boş bir dünyayı severim. Aslında yalnızlıktan hoşlanırım," diye cevap verdi Clement.

"Ama yalnızlık ile soğukluk arasındaki farkı biliyor musun?" Julie onu düzeltmek istedi.

"Davranışlarımın yalnızlık göstergesi olduğunu nasıl söylersin? Yalnızlık zordur ve ben yalnızlık hissetmiyorum," diye yanıtladı Clement. "Bir insanın kendisini herkesten daha iyi tanıdığı yaygın olarak bilinir," diye ekledi.

"Ama yalnızlık senin düşündüğünden farklıdır," dedi Julie yargılayıcı bir tavırla. "Bana nasıl farklı olduğunu söyle," diye sordu Clement.

"Yalnızlık hissi zihinsel bir sapmadır. Böyle bir kişi kalabalık içindeyken bile kendini yalnız hisseder. Bu doğrudan zihnin bir duygusudur. Ve yalnızlık çeken kişi zihinsel durumunda üzgün hisseder," diye devam etti Julie.

"Sizce benim hissim tedavi ile düzeltilmesi gereken zihinsel bir sapma mı?" Clement tekrar sordu.

"Eğer durumunuz sürekli bir yalnızlık hissi ise, o zaman bir kalabalığın ortasında bile aynı yalnızlığı hissedebilirsiniz. Böyle bir durumun kesinlikle düzeltilmesi gerekir, aksi takdirde ciddi zihinsel sorunlara yol açacaktır. Ancak psikoloji okuyan biri olarak, sorununuzun tam olarak ne olduğunu tespit edebilirim. Bu yalnızlık değil," diye talimat verdi Julie.

"O halde nedir?" Clement kafası karışmış bir şekilde sordu.

Sorusunu yanıtlamadan önce Julie ona bir soru sormak istedi. Bu, sorununun tam olarak ne olduğunu doğrulamak içindi. Durumunun yoğunluğunu öğrenmek istiyordu. Bu yüzden ona şöyle sordu: "Büyük umutların olmadığından bahsetmiştin. Bana psikoloji bölümünden mezun olup eğitim diploması almak ve sonra da öğretmenlik yapmak istediğini söylemiştin. Gelecek planlarınız bunlar mı?" diye sordu.

"Evet," diye yanıtladı Clement, açık bir şekilde.

"Ama insan hayatının genel kavramlarına bakılırsa, bu dolu dolu bir hayat değil," dedi Julie, bir insanın hayatındaki alışılagelmiş olayları ima ederek, bu tür konulardaki kendi görüşlerini bilmek için.

"O zaman daha ne bekliyorsun?" Clement, Julie'nin hayattaki basit hedeflerinin yeterli olmadığını düşünüp düşünmediğini merak ederek sordu. Julie'nin onu kendi standartlarına göre yargıladığını ve onu bu şekilde düşünmeye iten nedenler hakkında onu karanlıkta tuttuğunu hissetti.

"Peki ya evlilik ve çocuk sahibi olmak?" Julie, mükemmel bir yaşam için bunların da gerekli olduğuna dair beklentilerini ortaya koyarak sordu.

Clement zehirli bir şekilde, "Benim mükemmel bir yaşam hakkındaki fikirlerim geleneksel toplumun gelenek ve göreneklerine dayanmıyor," diye cevap verdi.

"O zaman seni tam olarak anlamıyorum. Lütfen açıklayın," dedi Julie sinerek.

"Çok kolay: tüm hedeflerime ulaştığımda hayatım mükemmel olacak. Hayatımın mükemmel olup olmadığını değerlendirmek başkalarına düşmez. Toplumun adetleri ve gelenekleri hayatımın mükemmel olup olmadığını ölçtüğüm kıstas değildir. Hayatta kendi basit amaçlarım var ve eğer onlara ulaşabilirsem, hayatım mükemmel olacaktır. Bu öznel bir meseledir," dedi Clement.

"Yani evlilik kurumunu onaylamıyor musunuz?" Julie sordu.

"Hayır. Ben hayattaki basit amaçlarımla mutluyum. Evlilik, kişinin hayatını karmaşık ve külfetli hale getiren karmaşık bir kurumdur. Hayatım boyunca bekar kalmayı tercih ederim," dedi Clement, hayat görüşlerine getirdiği sertlikle.

"Sanırım seninki tipik bir kendini uzak tutma vakası," dedi Julie kesin bir ifadeyle.

"Böyle mi düşünüyorsun? O zaman kendini dayatan soğukluk nedir? Gerçi sen yalnızlığın ne olduğunu açıklamaya çalıştın," diye karşılık verdi Clement.

Sorusuna cevap vermeden önce, Julie onda iki şey fark ettiğini hatırladı: soğukluğu ve kendi ailesinden ve geçmişinden hiç bahsetmemesi. Ona göre bu iki şey önemliydi. Clement'in yalnızlık ifadesinin ya göz boyama olduğunu ya da yalnızlık ile soğukluk arasındaki fark konusundaki cehaletinden kaynaklandığını düşündü.

Bu yüzden cevap vermeye cesaret etti: "Genel kanı, eğer bir kişi sınıf arkadaşlarıyla arkadaşlık kurmakla ilgilenmiyorsa, doğal olarak bunu yapmasını engelleyen bir şey olduğu sonucuna varılabilir. Arkadaşlık filizlendiğinde, doğal olarak ilgili kişilerin açık yürekli olmasını gerektirir - ebeveynleri ve diğer aile üyeleri, aile geçmişleri vb. hakkında konuşmak. Birisi mesafeli olmayı tercih ediyorsa, bunun nedeni çocukluk ya da ergenlik döneminde evde yaşadığı kötü deneyimler olabilir. Davranışları, karanlık geçmişlerinden başkalarına bahsetmekten kaçınmak istediklerini gösterir. Soğukluk, başkalarını uzakta tutarak onları koruyan bir siper gibi görünür. Bir suskunluk atmosferi yaratırlar, bu yüzden açık yürekli olmaları gerekmez ve bu yüzden güçlü bir arkadaşlık bağı ve bunun sonucunda kendileri hakkında dürüst olmalarını, hatta mutsuz deneyimlerini başkalarıyla paylaşmalarını gerektiren yükümlülükler olmaz." Julie otoriter bir şekilde telaffuz etti.

Ancak Julie'nin merakını uyandıran ve daha fazlasını öğrenmek için onunla sosyalleşmeye iten bu davranıştı.

Clement'in mistik sorularına cevap bulma arayışında kendisine pek yardımcı olmadığını hissetti. Çalışmadaki parlaklığına rağmen pratik bilgelikten yoksun olduğunu fark etti. Onunla soruları ve cevap bulma çabası hakkında konuştuğu zamanı hatırladı: yüzünde bir dehşet parıltısı fark etmişti. Bu soğuk tavrın her zaman cehaletin bir göstergesi olmadığını biliyordu. Bu yüzden, yılmaz ruhu göz önüne alındığında umutluydu. Yine de onun nihai sorularına kendi kelimeleriyle cevap vermesini istiyordu, doğrudan cevaplar için doğrudan sorular sormak yerine kaçamak bir strateji kullanıyordu. Vereceği cevapların kararlı arayışını haklı çıkarıp çıkarmayacağını görmeye çalışıyordu. Clement'in sorularına bakışının misyonunu destekleyip desteklemeyeceğini, arayışının maddi ve mantıklı olduğunu kanıtlayıp kanıtlamayacağını öğrenmek istiyordu. Görevine tek başına başlamıştı; kimseye fikrini danışmamıştı, bu yüzden sorularının yörüngesi sadece kendisine aitti. Yalnızdı ama görevine devam etmekten de geri durmuyordu. Clement'in görüşleri kendi görüşlerini destekliyorsa, görevine devam etme kararında haklı olduğunu hissedecekti. Görevinin başarısız olması durumunda destek alabileceği, kendisi gibi düşünen insanlar olduğunu hissedecekti. Ancak bunlar sadece anlık düşüncelerdi, olumsuz düşüncelere kapılmaya yatkın birinin karakteristik özellikleriydi.

Julie düşünmeye devam etti: "Onu önemli bir noktaya getirmeden önce, soğukluğu gibi birçok kompleksini yeniden gözden geçirmesi gerekiyor. Ona, sorunlu aile geçmişine takılıp kalmanın bir anlamı olmadığını göstererek dikkatini çekmek istiyorum. Bunun sorumlusu o değildi, dolayısıyla bundan utanmamalı ya da bu kadar asık suratlı ve içine kapanık olmamalıydı."

Psikolojik bilgisine bakılırsa, bir kişi bu tür bir soğukluğa başvuruyorsa, bunun büyük olasılıkla mutsuz ve utanç verici bir aile geçmişiyle ilgili olduğu ve çocukluk döneminde bu tür durumlarda itaatkâr olmaktan başka bir alternatifi olmadığı değerlendirmesini yaptı.

Düşünmeye devam etti: "Onu gösterişli bir dışadönük haline getirmek için komplekslerinden kurtulacak bir psikoloğa ihtiyacınız var. Soğuk bir insan geçmişi tarafından kuşatılmıştır. Geçmişine saplanıp kalmıştır, bu da onu geçmişi üzerinde kara kara düşünmeye iter. Onun durumu geçmişe kilitlenmiştir, bugünden uzaktır. Bu durum utanç verici geçmişini sürekli zihninde yaşatır, onu içine kapanık biri haline getirir ve şimdiki zamanda olup biten mutlu şeylere ilgi duymamasına neden olur. Dışa dönükler şimdiki zamanda yaşar. Sadece hayat politikası "geçmişi unut, bugünü mutlu yaşa ve geleccğe hazırlan" olan insanlar dışa dönük olabilir. Benim acil görevim onu geçmişinden koparmak ve bugünde yaşayan birine dönüştürmektir. Eğer teşhisimde haklıysam, aile geçmişiyle ilgili utanç duygularının hiçbir anlamı olmadığını ona öğretmeliyim." Ancak Julie, onu kendisine karşı açık yürekli hale getirerek kendisiyle daha dostane bir ilişki kurması için eğitmesi gerektiğini biliyordu. Ve ilk adım olarak, stratejisini uygulamanın bir parçası olarak, araştırmalarını onun soğukluğunun nedenlerini bulmaya yöneltmeyi düşündü.

"Şimdi seni sessiz dış görünüşünden çıkarmak, içindeki gerçek adamı, gerçek benliğini bulmak istiyorum," diye hitap etti Julie ona.

Onunla yaptığı birkaç görüşmeden sonra Julie, onun ruhunun donmuş olduğunu, mevcut koşullara karşı duyarsız olduğunu, sanki zihninin geçmişte sabitlenmiş gibi olduğunu düşündü. Bunun, çocukluğunu ve gençliğini geçirdiği evdeki koşullar nedeniyle geliştirdiği duyarsızlıktan kaynaklanabileceği sonucuna vardı. Julie, onun soğukluğunun bir birey olarak kişiliğinde derin bir yara olduğuna inanıyordu.

Clement ona küçümseyici bir gülümseme verdi. İlk başta planlarının lehinde ya da aleyhinde bir şey söylemedi. Clement ona, "Soğukluk ve yalnızlık arasındaki farka ilişkin soruma yanıt vermediniz," diye hatırlattı. Psikoloji alanında bir araştırma öğrencisi olan Julie, insan kişiliğinin temellerini biliyordu. Her insan bir bireydir ve her bireyin kendine ait bir kişiliği vardır. Ancak kişilik belirli sınırlar içinde yer alan bir şey değildir. Katı değildir. Bazı yönleri birbiriyle örtüşür, bu nedenle bazı bireyler benzer fikirlere sahip gibi görünebilir, ancak %100 aynı olmazlar. Julie'nin psikolojik deneyimleri ona hiç kimsenin omurgası konusunda kararlı olmadığını öğretmişti. Ayrıca, psikolojik konuşma bir kişinin görüşlerini değiştirebilir ve onu komplekslerinden kurtarabilirdi. Bu dünyada değiştirilemeyecek kimse yoktu. Bu düşünceler onun hakkındaki merakını uyandırdı.

Bu yüzden cevap verdi: "Şimdi size mesafeli olmanın yalnızlık olmadığını söyleyeceğim. Uzak bir insan kendi sığınağını yaratır ve orada kendi uzaklığıyla izole bir şekilde yaşar. Kendi yarattığı hapishanede yaşamayı sever. Ancak yalnızlık farklıdır. Başkaları bir kişiden kaçtığında, bu kişi tarafından yalnızlık olarak hissedilir. Yalnızlık bir kişiye başkaları tarafından dayatılır.

Uzaklaşma kendi kendine dayatılan bir yalnızlıktır, sanki kendi kendine dayatılan, tek başına bir yaşam hapsi geçiriyormuş gibi. Sanki başkaları onun hayatından sürgün edilmiş gibi, başkalarından uzak duran bir münzevidir. Kendinizi başkalarından uzak tutarsanız, hiç kimse sizinle arkadaş olmak için peşinizden gelmeyecektir. Tıpkı Freud'un "Gülün ve dünya sizinle gülsün; ağlayın ve yalnız ağlayın" sözü gibi, Julie ona ders veriyordu.

Kendi kendine düşünmeye devam etti: "Bu yüzden onun kompleksinin altında yatan nedeni ortaya çıkarmalıyım. Büyük olasılıkla korktuğum gibi mutsuz bir aile geçmişi var. Eğer sebep çocukluk döneminde ailesinden kalan mutsuz mirassa, ona aile geçmişine takılıp kalmanın ve kendi sorumluluğunda olmayan şeylere kafa yormanın bir anlamı olmadığını telkin ederek yardımcı olmalıyım. Ancak ev hayatının mutsuz mirası hassas zihni üzerinde baskı oluşturarak birçok komplekse yol açabilir. Onu, soğukluğun bir kompleks olduğunu ve soğuk insanların geçmişteki mutsuz deneyimleriyle çevrelendiğini ve bu deneyimler üzerine kara kara düşünmelerine neden olduğunu anlaması için eğitmem gerekebilir. Zihninin kapalı sınırlarını terk etmeli ve insanlarla tanışmak ve onlardan bir şeyler öğrenmek için dışarı çıkmalıdır. Bu tür kompleksler için tek çare, zihnine nasıl dışa dönük ve nasıl gösterişli olunacağı konusunda ders vermektir."

Onun karakterini kendi istediği gibi değiştirmek istiyordu. İnsan zihninin olanaklarının sınırsız olduğunu biliyordu. Her zaman umutluydu. Clement'in çocukluk ve gençlik yılları hakkında konuşmamış olması ona engel oluyordu. Ama hiçbir şeyin aşılamaz olmadığına inanıyordu. Gönüllü olarak üstlendiği görevin, ilahi aşkın nihai sorusunu bulmanın, kendisi için Clement'i komplekslerinden kurtarmaktan daha zor ve önemli olduğunu biliyordu. Ama merhametliydi. Arkadaşı Clement'in çözüm için kendisini rahatsız eden davranışlarını görmezden gelemezdi. Önemli soruları geneldi ve bir çözüm bulmak için çok baskı altında olduğu için bunların cevabının yakın olduğunu hissediyordu. Araştırmasını biraz daha uzatırsa kimse zarar görmeyecekti. Bu anlamda Clement konusuna öncelik verilmesi gerektiğini düşünüyordu. Julie söz konusu olduğunda her iki araştırması da önemliydi. Ama düşündükten sonra önceliği değiştirmeye karar verdi.

Bölüm 21

Julie ve Clement üniversitelerinin yakınındaki bir parkı ziyarete gittiler. Buraya sadece "üniversite parkı" deniyordu çünkü Lizbon Üniversitesi öğrencileri için bir sığınaktı. Öğrencilerin kahve ve atıştırmalık alabilecekleri Emerald adında bir kantin ve yakınlarda Gun Barrel adında bir pub vardı.

Julie, eğer Clement ailesiyle ilgili detayları sorsaydı, gerçek Clement'i öğrenmenin yolunun onun ailesiyle ilgili detayları sormak olacağını düşündü. Ancak ondan böyle bir soru gelmedi. Julie bunun, Clement'in kendisinden gelecek benzer sorulardan korunmak için uyguladığı hesaplı bir taktik olduğunu düşündü. Bu yüzden ondan istediğini elde etmek için kendi yolunu bulmak zorundaydı.

O gün çalışmaları hakkında konuştular ve bu günler bir ay boyunca olaysız bir şekilde devam etti. Araştırma konusunun uzamasının yaratacağı sorunları düşündü. Bu düşünce onu garip bir telaşa sürükledi. Clement'i zihnini açması için nasıl ikna edeceğine dair hızlı bir çözüme ulaşmak yerine, gecikme aklını karıştırmaya başladı. Güvenli oynaması gereken bir durumda olduğunu biliyordu. Sondaj soruları sorarken ve Clement'i ondan istediklerini açıklamaya ikna ederken çok dikkatli davranması gerekiyordu, bu yüzden bir tür doğal yavaşlığa büründü. Bu durum ona zihninin konudan geriye doğru gittiğini hissettirdi. Tüm bu durum, "Aceleci bir zihin kolayca karışır ve karar vermede yavaşlar" inancından kaynaklanıyordu. Zihnini sakinleştirmek için elinden geleni yaptı. Zihni yavaş yavaş normal haline dönerken birden aklına bir soru geldi. Bu sorunun Clement'e sorulabilecek en iyi soru olduğunu hemen fark etti ve işe yarayacağından emindi. Aslında Clement'in cevaplarını doğal, açık yürekli ve hiç şüphelenmeyeceği bir şekilde ortaya çıkarmak istiyordu ki cevapları çarpıtılmasın. Ve böylece başladı.

"Dün tıpkı sana benzeyen birini gördüm. Bir erkek kardeşin var mı?" Julie yeni stratejisinin bir parçası olarak sordu.

"Hayır, kardeşim yok. Başka biri olmalı," diye yanıtladı Clement.

"Peki kız kardeşlerin var mı?" Julie daha önceki sorusunun doğal bir devamı olarak sordu. "Benim de kız kardeşim yok. Ben tek çocuğum," diye kısaca cevap verdi Clement.

Julie onun bu kısa cevabının bu konudaki suskunluğunu gösterdiğini fark etti. Normalde bir arkadaşa böyle kişisel bir soru sorulduğunda, arkadaşın soruyu sorana içini dökmesi olağandır. Böyle zamanlarda suskun bir arkadaş bile konuşkan olur. Ancak Clement'ten böyle ayrıntılı bir yanıt gelmedi.

"O halde hala yaşayan bir baban ya da annen var mı?" diye sordu Julie.

"Onlar artık yok. Onları gördüğüme dair hiçbir anım yok," diye yanıtladı Clement. "Nasıl olur?" Julie biraz sinirli bir şekilde sordu.

"Babamın kısa yaşamı boyunca sağlığı kötüydü. Annem beni taşırken öldü," diye yanıtladı Clement soğuk bir şekilde.

"Yani sen ve annen dünyada yalnızsınız sanırım," dedi Julie.

Clement, "Annem beni doğururken bazı doğum komplikasyonları nedeniyle öldü," diye yanıtladı.

"O zaman sana kim baktı? Eğitimini kim finanse etti?" Julie sordu, yüzü şefkatli bir hal almıştı.

"Babamın teyzesiyle yaşıyordum," diye yanıtladı Clement.

"Teyzenizin gözetimi altında mıydınız? Bu iyi miydi?" Julie yorum yaptı.

"Hayır, bana bakan bir dadı vardı," diye yanıtladı Clement, konuşurken suskunluğunu kaybettiğinin farkında değildi.

"Dadınız ücretli miydi yoksa gönüllü müydü?" Julie, "Ücretliydi," diye yanıtladı Clement.

"Teyzen sana bakabilecekken neden ücretli bir dadıya ihtiyaç duydun?" Julie sordu.

"Teyzemin bana istediği gibi bakacak zamanı yoktu. Bu yüzden benim iyiliğim için bir dadı tuttu," diye yanıtladı Clement.

"Peki teyzen çalışıyor muydu, evden erken ayrılıp akşam geri dönmesi gerekiyorsa?" Julie onun cevabını doğal olarak takip ederek sordu.

"Hayır, çalışmıyordu," diye yanıtladı Clement.

"O zaman ne ile meşguldü?" Julie şüphelenmeden sordu.

Clement kendini kapana kısılmış hissetti. Ama sorudan kaçamadı. Kafası karışmış görünüyordu. Yüzü kederli görünüyordu. Cevap veremeden Julie soruyu tekrarladı ve onu çaresiz bir ikileme soktu. Cevap vermek zorundaydı ve oyalanamazdı. Anında bir karar vermek zorundaydı. Julie soruyu tekrarladığında utanmış görünüyordu. Ve durumun baskısı onu ağzından kaçırmaya zorladı: "Ağza alınmayacak işlerle meşguldü."

Ardından suskunluğa büründü ve bu da aniden durmasına neden oldu. Clement'in ruh hali de bulaşıcıydı. Julie'nin de benzer bir ıstırap duygusuna kapılmasına neden oldu. Normalde mantıklı insanlar böyle durumlarda, cevap vermek zorunda olan kişiyi utandırmamak için meraklı zihinlerini daha fazla soru sormaktan alıkoyarlar. Ancak Julie, onu sorgulamalarına devam etmeye zorlayan kaçınılmaz bir durumdaydı. Gerekçesi, sorgulamalarının nihai bir amaca yönelik olmasıydı: Clement'i sorunlarından kurtarmak.

"Bana ne yaptığını söyle?" Julie tekrar sordu.

"Seks işçisiydi," diye yanıtladı Clement, sanki kaçınılmaz bir durumun üzücü kurbanıymış gibi.

"Ve bu seni yalnız bırakmasına neden oldu?" Julie sordu, yüzü tamamen şefkatli görünüyordu.

Clement, "Her akşam yakındaki beş yıldızlı bir otelden bir taksi gelip onu alıyor ve sabah da elinde bizi oldukça iyi duruma getiren bol miktarda parayla geri bırakıyordu," diye yanıtladı.

Konuşmaları bu aşamaya geldiğinde, Clement başlangıçtaki utanç duygusundan kurtulmuş görünüyordu. Julie bunu taktiksel bir başarı olarak değerlendirdi. İnsan zihninin böyle durumlarda nasıl çalıştığını çok iyi biliyordu. Taktiği, görünüşte zararsız, geçiştirici sorular sorarak suskun bir kişinin çekingenliğini atmasını sağlamak ve ardından yönlendirici sorular sormaktı.

Julie işe giden, gece nöbeti tutan, gündüz çocuk bakan ama yine de uyumaya ve yemek yemeye vakit bulan insanlar görmüştü, bu yüzden "Teyzen neden gündüzleri çocukken sana bakıp uyumaya ve yemek yemeye vakit bulamadı?" diye sordu.

"Genellikle sabahları eve geldiğinde hala sarhoş olurdu ve içki kokardı. Gündüzleri derin bir uykuya dalar, sadece öğle yemeği için uyanırdı. Dadı benim için her şeyi yapardı. Akşamları taksi onu almak için tekrar gelirdi ve çok geçmeden gitmiş olurdu. Yıllar bu şekilde geçti. Sonra hastalandı. Günden güne kilo kaybetti. Pek çok hastalığa yakalandı. Elli yaşına kadar yaşadı ve sonunda AIDS'ten öldü," dedi Clement acınası bir şekilde, tüm çekingenliğini bir kenara bırakarak. Julie onun için üzülüyordu ama bunu belli etmedi.

"Peki şimdi senin eğitimini kim finanse ediyor?" Julie sordu.

"Teyzem iyi para biriktirmişti. Bol miktarda nakit para ve sırtımı dayayabileceğim büyük bir ev vardı. Para nesiller boyu yetecek kadar çoktu; oysa benim kendim için büyük umutlarım yok. Psikoloji bölümünden mezun olmak ve ömür boyu öğretmenlik yapmak istiyorum," diyordu Clement.

Bu itirafına rağmen Julie, Clement'in ilahi aşkın nihai amacı hakkındaki görüşünü öğrenmek için bunun uygun bir fırsat olduğuna karar verdi. "Sana göre ilahi aşk nedir?" diye sordu.

Julie sabırla beklerken Clement düşüncelere daldı, sonra aklını toplayarak cevap verdi: "İlahi aşk Tanrısaldır: Tanrı'nın yarattıklarına duyduğu sevgi. Ruhsaldır. Duygusal sevginin tam tersidir."

Julie kendi kendine şöyle düşündü: "Clement'in cevabında bir gerçeklik payı var, gerçi başlangıçta onu sevgi kavramından bihaber biri olarak düşünmüştüm. Clement'in aşk tanımında bundan hiç bahsedilmemesine rağmen, bu benim ilahi aşkın başarısı hakkındaki düşüncelerimi güçlendirdi."

İnsan zihni alışkanlık olarak eksik olana mevcut olandan daha fazla önem verir. Burada, Clement'in tanımında eksik olan kısmın -ilahi aşkın tamamlanma kısmının- yokluğu Julie'yi bir kez daha daha araştırmaya teşvik etti. Aklını kurcalayan sorular hakkında Clement'in ne düşündüğünü gerçekten bilmek istiyordu ve bu da onu cevapların peşine düşmeye itti.

"Eğer Clement'in soruma verdiği cevap nihai çözümü, yani aradığım cevabı öngörüyorsa, haklı çıkmaktan mutluluk duyarım," diye düşündü Julie kendi kendine. Sonra da ilahi aşkla ilgili stratejik sorusunu yöneltti.

"Clement, sana seni sevdiğimi söylesem ne düşünürdün?" diye sordu.

"Bunu basitçe reddedeceğimi söylemeye gerek yok." Clement'in cevabı sertti.

"Neden kolayca "Ben de seni seviyorum" diyebilecekken ve aramızda muhteşem bir ilişkinin filizlenmesine neden olabilecekken bunu söylüyorsun?" Julie sordu.

Clement'in cevabına şaşırmamıştı. Ama onun şüpheleri hakkındaki görüşü ile son cevabının uyuşup uyuşmayacağını öğrenmek için sabırsızlanıyordu. Onu ilgilendiren de buydu.

Clement, "Eğer cevabım başka türlü olsaydı, bu doğru bir ilişki olmazdı," diye yanıtladı.

Julie rahatlayarak güldü. Onun cevabının bu olacağını tahmin ettiği için memnundu. Demek ki Clement ilk başta düşündüğü kadar duyarsız değildi. Başlangıçta böyle düşünmesine neden olan tek şey onun suskunluğuydu.

"Yani aşkımız karşılıklı olsa bile yürümeyeceğini mi söylüyorsun?" diye sordu Julie.

Clement, "Evet, çünkü sana anlattığım gibi hayatımla ilgili planlarımı çoktan ortaya koydum," diye yanıtladı.

Julie beklediği cevabı onun kendi sözlerinden duymak istiyordu. Buna yaklaştıklarını görebiliyordu. "Bekârlık planlarını mı kastediyorsun?" Julie onaylamak için sordu.

Clement, "Evet, kesinlikle öyle," diye onayladı.

"Ama görüşlerimizin değişebileceğini düşünmüyor musun? İnsan zihni genellikle belirsizdir. Koşullar değişebilir. Hayat tecrübeleriniz bir gün sizi evlenmeye sevk edebilir. Ben buna inanıyorum," dedi Julie felsefi bir dille.

Clement, "Koşullar ya da hayattaki deneyimler insana bekârlığı benimsemeyi de öğretebilir," diye cevap verdi.

"Her iki şekilde de. Çok haklısın!" Julie cevap verdi. Clement'in cevabının göründüğünden daha fazlasını içerdiğini biliyordu. Clement'in cevabında hayatındaki mutsuz deneyimlerin açığa çıktığını görebiliyordu. Clement'ten misyonuna bir ivme ve bir tür gerçeklik kazandıracak yanıta ihtiyacı olduğunu biliyordu; çok yaklaşmışlardı ama yine de çok uzaktaydılar. Ne pahasına olursa olsun onun cevabını almaya kararlıydı. Bu yüzden bir plan yaptı. Kurnaz olduğu için bir yol bulmak onun için o kadar da zor değildi.

"Bu bağlamda bir hipotez deneyelim, katılıyor musunuz?" Julie bunu önerdi.

"Evet, ne olduğunu söyle bana," diye kabul etti Clement.

"Varsayalım ki, karşılıklı olarak birbirimize aşığız. Bunun son noktası ne olurdu?" Julie sanki Clement'e bir bilmece soruyormuş gibi sordu.

Julie beklerken bir süre düşündü ve ona düşünmesi için yeterli zamanı verdi. "Benim kararıma göre, aşkımızın bir bitiş noktası olmayacak. Sadece sonsuza kadar sevgili oluruz."

Julie daha sonra şeytanın avukatlığını yapma kozunu oynadı. "Ama aşkımızın nihai sonucu bu kadar zor ise, bunun amacı ne olurdu? Eğer aşıklar sadece sevmeye ve sevilmeye devam ederlerse, bu aşklarının tamamlanmasını ertelemek gibi olmaz mı? Yüzen ve yüzen ama asla kıyıya ulaşamayan biri gibi olmaz mıydı? Bir son olması gerekmez mi?" Julie sordu.

Clement, "Evet, kesinlikle," diye yanıtladı.

Clement'in sorusuna verdiği yanıtı duyan Julie, onun görüşünün kendi aşk kavramıyla örtüştüğünü düşünerek kendinden geçti. Fakat Clement'in cevabı sorusunun sadece bir kısmıydı. Julie'nin nihai sorusunun tamamına cevap vermemişti ama Julie bunun farkında değildi. Ve her ikisi de bu uyumsuzluğun farkında değildi.

Bu yüzden Clement'in cevabı Julie'nin ondan istediği cevabı almaktaki başarısından dolayı sevinmesine neden oldu. Ama Clement'in varsayımsal bir karşılıklı aşk durumundan bahsettiğine dair hiçbir fikri yoktu. Bu da Julie'nin sorduğu sorudan farklıydı.

"Şimdi mutluyum," diye düşündü Julie mutlu ama yanlış bir şekilde. "Onun cevabı ve benim sorularım birbirini tutuyor. Bu bana görevimi sürdürmek için umduğum desteği veriyor. Ama hepsi bu değil. İlahi aşkın nasıl gerçekleştirilebileceğini bulmak için hâlâ uzun bir yol kat etmem gerekiyor. Yine de şu ana kadar yaptığım araştırmalardan elde ettiklerim zihnimdeki cevapları doğrulamak için uzun bir yol kat etmemi sağladı."

Sonra Clement onun olumlu düşüncelerini yarıda kesti. "Bana evlilikle ilgili kendi görüşlerinizi söylemediniz," dedi.

"Şu anda biriyle evlenmeme engel olan tek bir şartım var. O da sorularımın yanıtlarını arıyor olmam," diye yanıtladı Julie.

"O halde eğer arayışınız nihai bir başarısızlıkla sonuçlanırsa, evlenmeden kalır mısınız?" Clement sordu.

"Hayır. Evlilikten kaçınmamı gerektirecek utanç verici bir geçmişim yok," diye yanıtladı Julie.

"Ama utanç verici bir geçmişiniz olsa bile, bu nedenle evlenmekten vazgeçer miydiniz?" Clement sordu.

"Utanç verici bir geçmiş evlilikten kaçınmam için bir neden değil, çünkü ben benim, sen değilsin," diye yanıtladı Julie cesurca ve içtenlikle.

Clement alaycı bir gülümsemeyle, "Bu iyi," diye cevap verdi.

"Şimdi neden evlilikten kaçındığını okuyabilirim," dedi Julie.

"Oh! Evlilikten kaçınma nedenimin utanç verici geçmişim olduğunu mu söyleyeceksin?" Clement haykırdı.

Julie şimdi Clement'in bakış açısından düşünmeye çalışıyordu. Onun mantığı doğru olabilir ya da olmayabilirdi. Ama garip bir şekilde bu onu utandırdı. Julie'nin onun zihninde gerçek bir neden olarak ne olduğunu bulmakta usta olmasından korkuyordu. Onunla olan geçmiş deneyimleri böyle düşünmesine neden olmuştu. Bir şeyleri ortaya çıkarma konusunda özel bir yeteneği olduğunu biliyordu ve bu da onun görevini ileriye götürüyordu. Bunu başaracağından emindi. Onun sorgulamasına karşı güçlü bir direnç gösteremeyeceğini hissetti. Kendini zayıf hissediyordu. Bu yüzden Julie'nin bulgularında haklı olduğunu kabul etmeye karar verdi.

"O zaman bana ne olduğunu söyle!" Clement tekrarladı.

"Asıl neden, geçmişte yaşadıklarını evleneceğin kızla paylaşmak istememen. Ondan saklayamayacağını düşünüyorsun çünkü seninle ilgili değerlendirmelerime göre sen açık sözlü bir insansın," diye iddia etti Julie.

Clement, Julie'nin gerçek neden olarak tanımladığı şeyin tamamen doğru olduğunu kabul etmek zorunda kaldı.

Gerçeğin ortaya çıktığını fark ettiğinde, utanç duygusu buharlaştı ve açık sözlü olmaya karar verdi. Julie'nin değerlendirmesinin doğru olduğunu kabul etti; bu da Julie'nin Clement'i açık sözlü bir birey olarak değerlendirmesinin de doğru olduğunu düşünmesine neden oldu.

Kendi kendine şöyle düşündü: "İnsanların bekâr yaşamayı tercih etmeleri için pek çok neden olabilir. Normalde kimse nedenlerini açıklamak istemez. Ama Clement, gerçek nedenini ortaya çıkardığım anda tüm çekingenliğini bıraktı. Bu da, sadece suskun davranışları nedeniyle birisini açık sözlü olmamakla suçlayamayacağımız anlamına geliyor. Suskunluk yakın kalpliliğin kanıtı değildir. Benzer şekilde, sadece açık sözlü olmak da açık sözlü olduğunuzu kanıtlamaz. Clement kalbinin derinliklerinde sır saklamakta iyi olabilir."

Sonra Julie, Clement'e bir kez söylediği ve görünüşte onun cehaletini ortaya koyan bir cevap aldığı nihai görevine geri döndü. Soruyu ona ikinci kez tekrarlamak istedi. Aşk gibi mahrem konular hakkında uzun uzun konuştuktan sonra, kendisine daha iyi ya da farklı bir fikir verebilmek için farklı bir görüş geliştirmiş olabileceğini düşündü.

"Peki ilahi aşkın nihai noktası nedir?" Julie tekrar sordu ve ekledi, "Şimdiye kadar tartışmalarımız sonucunda çok değişmiş ve daha bilgili hale gelmiş olmalısın. Bu yüzden ilgilenmediğinizi söyleyip cevap vermekten kaçınmayın. Size bu soruyu sorarken beni ilgilendiren sizin ilginiz değil. Parlak bir öğrenci olarak ve uzun tartışmalarımızdan sonra, soruma akıllıca bir yanıt verebileceğinize inanıyorum."

Clement şöyle cevap verdi: "Bana bu soruyu daha önce sormuştunuz, ben de cevaplamıştım ama cevabımdan tatmin olmadığınızı fark ettim. Şimdi farklı bir yanıt istiyorsunuz. Ama benim hala hissettiğim şey, ilahi sevginin nihai noktası diye bir şey olmadığıdır. Tanrı bizi sever. Biz de karşılığında O'nu seviyoruz. Ya da dünyevi ihtiyaçlarımız ve ölümden sonraki yaşamdaki ihtiyaçlarımız için Tanrı'ya muhtacız. Ancak bu iki sevgi de paraleldir. Tanrı'ya olan sevgimiz sonsuz ve ebedidir. Nesilden nesile aktarılmaya devam eder. Aynı durum Tanrı'nın bize olan sevgisi için de geçerlidir. Bu sevgiler paralel olabilir ve asla buluşamazlar. Buluşmaları söz konusu olduğunda bunun nihai olduğunu düşünebiliriz ki bu da imkânsızdır. Şimdi yukarıda ifade ettiklerimin ötesini düşünemiyorum. Ve eğer hala detaylandırmamı istiyorsanız, sonuç olarak size söyleyebileceğim şey, sorunuzun mistik bir soru olduğudur. Gerçeklik alanının ötesine geçiyor."

Clement'in yanıtı ilahi aşk söz konusu olduğunda Julie için bir şok olmuştu. Ondan beklediği tüm destek umudunun yerle bir olduğunu hissetti. Ama hayal kırıklığının üstesinden geldi.

"Mistisizmden bahsettiniz," dedi. "O konuya geleceğim. Ama ondan önce sana bir şey sormama izin ver." Clement'in yanıtlaması için başka bir soru daha ortaya attı. "Bana ilahi aşkın nihai noktası diye bir şey olmadığını söylemiştin. Şimdi sana birkaç soru daha sormama izin ver. Nesillerden bahsettiniz ama bu nesiller nereden geliyor? Ya da nesiller nasıl ortaya çıktı?"

Clement, "Nesiller ilk yaratılanların torunlarıdır," diye yanıtladı. "O zaman bizi ilk kim yarattı?" Julie sordu.

"Tanrı yarattı," diye yanıtladı Clement.

"Peki Tanrı'yı bizi yaratmaya iten neydi?" Julie sordu.

"Tanrı'nın sevgisiydi," diye yanıtladı Clement.

"Öyleyse onun yarattıkları bize olan sevgisinin doruk noktası değil mi?" diye sordu Julie.

"Evet," diye yanıtladı Clement.

"O halde nasıl olur da Tanrı'nın sevgisinin bir doruk noktası ya da nihayeti olmadığını söyleyebilirsiniz?" Julie sordu.

"Ah! Yeterince düşünmemişim. Haklısın," diye yanıtladı Clement, biraz da utanarak.

"Peki sana göre mistisizm nedir?" diye sordu Julie. "Ve benim düşüncelerimin mistik olduğunu düşünmenize ne sebep oldu?"

"Bana göre mistisizm kafa karıştırıcı bir şey çünkü ne olduğunu anlamıyorum," diye açık yüreklilikle cevap verdi Clement. "Belki de kavrayışımızın ötesindeki her şeyin mistisizm olduğunu hissediyorum. Ama eğer biliyorsanız, bana mistisizmin ne olduğunu söyleyin."

"Düşüncelerimiz tamamen ruhani bir şekil aldığında ve fiziksel ya da dünyevi yönleri bir kenara bırakıldığında, bunlara mistik düşünceler diyebiliriz. Bu, kişinin içsel zihni aracılığıyla anlaşılabilecek bir şeydir. Meditasyon ve bir tür ilahi tefekkür içsel zihnimizi aktif hale getirir.

Fiziksel gerçeklik kaybolduğunda, bu bir tür mistik deneyime dönüşür! Akıl yürütmemiz bir tür sezgiye dönüşür. Ancak bu tür bir maneviyatın herhangi bir dinle hiçbir ilgisi yoktur. Bu sadece durumun tamamen zihinsel olduğu anlamına gelir. Fiziksel gerçekliğin kaybolduğu bir deneyimdir. Beden dışı bir deneyim, bir tür trans hali," diye yanıtladı Julie.

Clement, "Araştırmanızın başarısı için tüm desteğime rağmen, kör bir bıçakla sert bir cevizi kesmeye çalıştığınızı hissediyorum," dedi ve başarı konusundaki şüphelerini dile getirdi. Ancak Julie'nin böyle bir endişesi yoktu. Cesurdu ama görevinin başkaları tarafından desteklenip desteklenmediğini öğrenmek istiyordu. Bu, zihninde bir anlık bir kararsızlık yaratmıştı ama bunu büyük bir inançla aştı.

"Ama anlamıyorsunuz ki sorunun derinine indikçe bıçağım daha da keskinleşiyor," diye cevap verdi Julie son derece kendinden emin bir şekilde. Bu onun kazanma azmini gösteriyordu.

Clement, "Benim hissettiğim, senin analizine bakılırsa, seninkinin bir tür mistik romantizm olduğu," diye cevap verdi, daha fazla katkıda bulunacak bir şeyi yoktu.

Clement, "Kör bir bıçakla sert bir cevizi kesmeye çalıştığınızı hissediyorum" dediğinde Julie'nin yüzü memnun görünüyordu. Julie'nin misyonu söz konusu olduğunda, bu yorum Julie'nin nihai arayışı hakkında olumsuz bir anlam taşıdığı için onun cesaretini kırabilirdi. Ancak psikoloğunun zihnine göre öyle değildi. O hala oldukça mutluydu. Clement'in yorumu aslında ona bir iltifattı. Clement'in yavaş yavaş soğukluğunu bir kenara bırakıp açık sözlü olmaya başladığını görebiliyordu. Bu, kompleksinin kırıldığı ve daha dışa dönük hale geldiği anlamına geliyordu. Julie'nin Clement ile yaptığı uzun konuşma bir bakıma başarılıydı. Clement'in soğukluğunun nedeninin utanç verici aile geçmişi olduğunu öğrenmişti.

Julie'nin nihai sorusuna yönelik arayışından geçici olarak sapması onu yavaşlatmış olsa da, Clement'in sorununu anlamasına yardımcı olduğu için bunun bir kayıp olduğunu düşünmüyordu. Julie ona komplekslerinin nedenini açıklamıştı. Ona, hiçbir şekilde sorumlu olmadığı evdeki utanç verici durumdan utanç duymamasını tavsiye etmişti. Dolayısıyla içine kapanık davranmasına ve insanlardan kaçmasına gerek yoktu. Onu uzak durmaktan vazgeçmeye ve dışa dönük biri gibi davranmaya teşvik etmişti. Kendi kendine empoze ettiği soğukluk için tek çare buydu. Freudyen görüşten alıntı yaptı: "Geçmişi unutun, bugünü mutlu yaşayın ve geleceğe hazırlanın."

Tavsiyesi işe yaramıştı. Yavaş ama istikrarlı bir şekilde daha dışa dönük olmaya başlamıştı. Julie ile konuşmasının sonlarına doğru bu gözlemlenebiliyordu. Açık yürekli olmaya ve Julie'nin misyonu hakkında samimi görüşler ifade etmeye başlamıştı. Julie'nin sorularını yanıtlarken başlangıçtaki suskunluğu ve çekingenliği yerini açık yürekliliğe bırakmıştı. İşte o zaman Julie ona psikolojide "iç gözlem" olarak adlandırılan kendi içine bakmasını tavsiye etti. Clement yavaş yavaş bunun olumlu etkisini fark etmeye başlamıştı. Yavaş yavaş dışa dönük olmaya başlaması onun farkında olduğu bir şey değildi. Ancak Julie ondaki en ufak bir değişikliği bile gözlemleyebiliyor ve bundan mutluluk duyuyordu.

Bu yüzden ona değişiminden bahsetti. Ayrıca ona Freudyen bir kavram olan "bir kompleks anlaşıldığında ortadan kalkar" kavramından da bahsetti. "Anlaşılmak" kelimesinin anlamını hastanın zihni tarafından kabul edilmek olarak açıkladı. Hasta kompleksinin nedenini şüpheye yer bırakmayacak şekilde anlamalıdır ve zihni kabullenme aşamasına ulaştığında, kompleksine neden olan eski görüşü ortadan kalkacaktır. O zaman hasta normal davranmaya başlar.

Clement bir gün Julie'ye şöyle itiraf etti: "Artık teyzemin utanç verici işinden utanmıyorum. Bundan hiç memnun değilim ama başkalarının tesadüfen öğrenmesinden de çekinmiyorum. Benim de kendime ait bir hayatım var ve ona bakacağım. Kendimi uygun bir şekilde idare edeceğim."

Bu durum Julie'yi, bir ruhu hayattaki olumsuz koşulların baskısından kaynaklanan komplekslerden kurtarabildiği için mutlu ve memnun etti. Clement'in sorunuyla tesadüfen karşılaşmıştı ve araştırması için ondan fazla yardım alamasa da Julie, görünüşte normal ve şüphesiz Clement'in tedavi edilmesi gereken bazı zihinsel sorunları olan bir adam olduğunu tespit etmişti. Ve onu iyileştirmeye yardım edebilmişti. Bu ona ilerlemesi için büyük bir güven ve itici güç verdi.

Bölüm 22

Peder Dr. Felix, Porto'daki St Alotious kilisesinin papazından daha çok ilahiyat bilgisiyle tanınıyordu. Lizbon'dan Porto'ya tayin edilmesinin bir anlamı vardı. Hem kilisenin papazı hem de St Alotious Teoloji Koleji'nde teoloji profesörü olarak ikili bir görevi vardı. Porto'daki St Alotious kilisesi ve kolej aynı yönetimin himayesi altında faaliyet gösteriyordu. Bu nedenle, sadece teoloji doktorası olan rahipler - öğretmenlik için gereken nitelik - seçilerek kilise papazı olarak atanmıştır.

Porto'da Dr. Felix eski bir tanıdığa rastladı; bu şaşırtıcı bir şekilde Romula'nın ayrı yaşadığı kocası Robin'den başkası değildi. Bu karşılaşma her ikisi için de hoş bir sürpriz oldu. Ancak Robin'in artık deforme olduğunu ve koltuk değnekleriyle yürüdüğünü görünce Fr Felix daha da şaşırdı. Sürpriz buluşmalarının ilk sevincinden sonra ciddi bir sohbete daldılar.

"Neden koltuk değnekleri kullanıyorsun?" Fr Felix karışık duygularla sordu. Uzun bir aradan sonra onunla karşılaşmanın mutluluğu, onu bu engelli haliyle görünce azaldı.

"Romula'dan ayrıldıktan sonra doğruca Porto'ya geldim," diye yanıtladı Robin, "Lizbon'da çalıştığım şirketin burada bir şubesi vardı ve fazla uzatmadan tayinimi yaptırabildim. Ancak karşıdan karşıya geçerken bir kaza geçirdim ve bu da sağ dizimin hareket kabiliyetini kaybetmeme neden oldu. Bunun dışında burada gayet iyiyim. Ama sen nasıl oldu da buraya geldin?"

"Proto'ya tayinim özel bir niyetle gerçekleşti," diye yanıtladı Peder. "Cemaatin sinodu benim buraya nakledilmeme karar verdi. Bu ikili bir amaç içindi. Üniversitede ilahiyat öğretme yeterliliğine sahip bir rahip aynı zamanda kilisenin papazı da olabilir. Bu yüzden böyle rahipleri tercih ettiler. Selefim Fr Dr Sylvester emekli olmuştu ve onun yerine ben atandım. Sinod'un normlarını karşılayabilen rahiplerin sadece en kıdemlisi papaz yardımcısı olarak atanabilirdi. Dolayısıyla yeni bir rahip atandığında, emekliliği yaklaştığı için uzun süre dayanamazdı. Sinod, sadece kendilerinin bildiği nedenlerden dolayı müdürlerin sık sık değiştirilmesini istiyordu."

"Peki şimdi nerede kalıyorsun?" Robin sordu. "Papazın odasında," diye yanıtladı rahip. "Yarın boş musun?" Robin sordu.

"Sabah ayininden sonra boş olacağım. Yarın Cumartesi olduğu için dersler olmayacak," diye yanıtladı rahip.

"Akşam gelsem sizin için sorun olur mu?" Robin sordu.

"Evet, lütfen gel. Konu nedir?" diye sordu rahip merakla. Sonra sorusunun biraz aceleci olup olmadığını ve bir rahibin statüsüne uygun olarak daha sabırlı davranması gerektiğini düşündü.

Robin, "Ciddi bir şey değil, yarın buluştuğumuzda sana anlatırım," dedi ve eve doğru yola koyuldu.

Eve döndüğünde, Robin'in aklına geçmiş düşünceler geldi. "Lizbon'dayken o rahip hayatımın öyle bir parçasıydı ki!" Romula'yla evlendiği günü ve rahibin bu töreni kutsamadaki rolünü düşündü. Ayrılıktan sonra günlerce süren ıstırap ancak yavaş yavaş azalmıştı. Lizbon'dan ayrıldığından beri zihni de başka değişikliklere uğramıştı ve şimdi geçmişe dair her türlü nostaljiden etkilenmeyen donmuş bir zihinle baş başa kalmıştı. Gökyüzünde serbest bırakılmış özgür bir kuş gibiydi. Rahip hakkındaki düşünceleri nostalji değil, sadece hayatının geçmiş bir dönemine dair anımsamalardı.

Robin kendi kendine şöyle düşündü: "Hayatımın en kötü günleri evliliğimden sonraki günlerdi. İnananlar evliliklerin cennette gerçekleştiğini söylerler. Neden böyle düşünüyorlar? Bu tür evliliklerin kesinlikle başarılı, müreffeh ve uzun süreli olacağına, Tanrı'nın kutsamalarıyla çifte sonsuz mutluluk sağlayacağına tam olarak inanarak, onlara kutsallık ve uğurluluk atfetmek isterler. Peki böyle bir evlilik nasıl başarısız olabilir? Kendi evliliğim bana sonsuz ıstırap vermedi mi? Aslında hayatımın en kötü günleriydi. Eğer kişi Tanrı'ya ve cennete inanıyorsa, cennette yapılan evlilik kavramı çift için Tanrı'nın kutsamalarıyla sonsuz mutluluk anlamına gelmelidir. Ama gerçekten öyle mi? Bu tür evlilikler cennette yapılıyorsa neden başarısız oluyor? Ancak kilisede kıyılan nikâhlar bile çeşitli nedenlerle başarısız oluyor. Öyleyse cennet bu tür evlilikleri kurtarmak için, tarafsız bir izleyici rolünü oynayarak bu tür evliliklerin ters gitmesine izin vermek dışında ne yapabilir? Öyleyse evliliğin cennette yapılacağı kavramı temelsiz bir inancın ürünü değil midir? Doğruluğunun hiçbir mantığı ya da gerçeği yoktur ama uzak bir antik çağa dayanmaktadır. Böyle bir düşünce çok eski zamanlardan beri nesilden nesile aktarılmıştır. Uzak geçmişte bir yerlerde, sadece buna tanıklık etmek için hayatta olanların gerçeğin doğrudan bilgisine sahip olduğu bir şey olmuştur. Ancak sonraki nesiller için gerçek, o tanıkların gerçek olarak yansıttıkları kulaktan dolma bilgilerden ibaretti. Ve yavaş yavaş bu kulaktan dolma bilgiler gerçek olarak kabul edildi. Ve gerçek hakikat, temelsiz inançlardan oluşan büyük bir yığının altına gömüldü. İnananların söylediklerine inanmaktansa buna inanmak daha gerçekçi değil mi?"

Düşüncelere dalmış olan Robin eve vardığını fark etmedi bile. Yıkandı ve erken bir akşam yemeğine oturdu. Ona yardım edecek kimse olmadığı için her şeyi kendi başına yapmak zorundaydı. Ama uzun süre çalışarak bu tür işlere alışmıştı. Ve evliliği başarısızlığa uğradığından beri değişmiş bir adamdı: sadece yalnızlık içinde yuvarlanmak istiyordu. Bu yüzden ev işlerini bitirdikten sonra oturup kitap okuyor, bazen farkında olmadan aşağıdaki gibi bir hayale dalıyordu:

"Evliliğimizin sallantıda olmasından kim sorumluydu? Ben mi yoksa Romula mı?" Aklına bir cevap geldi. Bunun Romula'nın hatası olduğunu düşündüğünden hiç şüphesi yoktu. Onun psikolojik sorununu düşünen Robin, Romula'nın da farklı bir fikre sahip olmayacağını düşündü. Bir klinik psikolog olmasa da, Romula'nın danıştığı psikoloğun söylediklerini hatırladı: "Onun ruhani bir cinselliği var. Tanrı'yla evli olduğunu hissediyor." Romula'nın kendisi hakkında söylediklerini hatırladı: "Tanrı'yı istiyorum ve Tanrı'da yaşamak ve ölmek istiyorum," ona oldukça tuhaf gelmişti.

Sonra sıradan insanların aşk, seks ve diğer konulardaki düşüncelerini karşılaştırdı. Kendi aşk deneyimine göre, Tanrı'nın bu konuda bir rolü yoktu. Dünyevi olan her şeyin gerçek aşkta bir rolü olduğu sonucuna vardı: çiçekler, kokuları, hafif esinti, tepeler ve dağlar, ağaçlar ve çalılıklar, her şey onun duygusal aşk yaşamında sembolik bir rol oynuyordu. Ama bu aşk kime yönelikti? Her halükarda Tanrı'ya değildi. Sevgi içgüdüsel olarak Tanrı'ya değil, karşı cinse yönelmişti, çünkü Tanrı'nın kendisi Adem ve Havva'yı birbirlerini sevmeleri için yaratarak bize yol göstermişti. Eğer arkadaşlık için olsaydı, Adem'e eşlik etmesi için başka bir adam yaratabilirdi. Ama neden yaratmadı? Çünkü O'nun sadece arkadaşlıktan başka amaçları da vardı! Tanrı'nın amacı bizim üremmemizi istemesiydi. Bu nedenle Havva'yı özellikle bir dişi olarak yarattı. Öyleyse nasıl oldu da Romula'nın insan cinsiyetinin bir parçası olması için hiçbir arzusu yoktu? Genç bir erkeğin genç bir kıza, genç bir kızın da genç bir erkeğe özlem duyması doğal değil miydi? Bu tür özlemlerin nihayetinde fiziksel seks için eğitildiğinden emindi. Hevesli zihninde aşkı uyandıran uhrevi bir şeyi hatırladı. Çiçeklerin ve hayallerin baş döndürücü kokusuydu bunlar. Sonra ağlayan bir kadının ya da üzgün bir kadının yüzünü düşündü. Kızgın, ağlayan ya da üzgün bir kadın, gülen ya da gülümseyen bir kadından daha çok heyecanlandırıyordu zihnini. Tanrı'yı eşine, sadece ve sadece Tanrı'ya tercih eden, ayrıldığı karısı Romula gibi normal bir hayat sürmekten aciz bir kadın düşünemiyordu. Sonunda uykuya daldı.

Ertesi sabah Robin kapının çalınmasıyla uyandı. Karşısında gülümseyen Peder Felix vardı. "Günaydın,

Peder!" Robin onu karşıladı. "İçeri gel ve otur. Bu sabah sizi buraya getiren nedir? Acil bir şey mi var?"

"Hayır, ama bu sabah Lizbon'a gidiyorum, o yüzden erken gelmem gerektiğini düşündüm," diye yanıtladı rahip.

"Peki sebebi ne?" Robin sordu.

"Lizbon'daki eski kilisemizde üç gün boyunca Kutsal Ayin'i yönetmek üzere geçici görevle Lizbon'a gidiyorum," diye yanıtladı rahip.

"Nedenmiş o?" Robin sordu.

"Bu Papa'nın geçici olarak yaptığı bir düzenleme çünkü görevdeki rahip aniden hastalandı. Doktorlar ona üç gün dinlenmesini tavsiye ettiler."

Robin cevap vermeyince, rahip Lizbon'dayken Romula'yı ziyaret etmeyi teklif etti; Romula'nın ayine geleceğinden emindi. Robin tek kelime bile etmedi. Kendini uyuşmuş hissediyordu.

Bir saat sonra rahip Lizbon'a doğru yola çıktı. Üç saatlik bir yolculuktu bu. Kiliseye vardıklarında, yol yorgunu rahip onu yenilemek için sıcak bir banyo yaptı. Akşam oldu ve gezintiye çıktı. Birden aklına kiliseye on dakikalık yürüme mesafesinde olan Romula'nın evini ziyaret etmek geldi. Yürürken nostaljik bir şekilde Robin ve Romula'yı düşündü. Ayrılıklarının hüzünlü anıları onu rahatsız etti. Bir rahip olarak, evliliği resmileştiren oydu ve Tanrı'ya inanan biri olarak zihni suçluluk duyuyordu: ayrılığı düzeltmek için ahlaki bir sorumluluğu vardı ve belki de evliliklerinin dağılmasını önlemek için daha fazla çaba göstermeliydi. Bir rahip olarak Romula'dan büyük saygı gördüğünü hatırlıyordu. Ama neyin neden yanlış gittiğini bir türlü bulamıyordu. Ama kendisinin kıydığı nikâhın başarısızlığa uğramış olması ona suçluluk duygusu vermeye yetmişti, sanki evliliklerinde olanlar için Tanrı'nın huzurunda suçunu itiraf ediyormuş gibi.

Romula'yı ziyaret ederek hangi amaca hizmet edeceğini merak ediyordu. Robin ona herhangi bir görev vermemişti. Aslında Robin'in sessizliği geçmişi kurcalamaya karşı antipati duyduğunu gösteriyordu. Bu yüzden rahip kendi kendine, ayrı yaşadığı kocası bu konuya hiç ilgi göstermezken neden Romula'yı ziyaret etmem gerektiğini sordu. Belki de Robin ve Romula'yı tek bir varlık olarak görmemeliydi; artık aralarında ortak hiçbir şey olmayan iki ayrı birey olmuşlardı, belki Romula'yı biraz haklı olarak ziyaret edebilirdi.

Düşünceleri onu Romula'nın evine ulaştığını fark etmekten alıkoydu. Geçmişte olduğu gibi yine aynıydı. Ama rahibin kendisi görünüş olarak daha fazla değişmişti: belki de yaşlanması onu tanınmaz hale getirecekti.

Ama aslında kapıyı açan Julie'ydi. Rahip cübbesi giymiş, saçı sakalı iyice uzamış, bir deri bir kemik kalmış, yaşlılığını sessizce ilan eden bir adam gördü. Kendisini şahsen tanıyanlar için bile kolayca tanınabilecek biri değildi. Lizbon'dan Portio'ya gittiğinden beri uzun yıllar geçmişti. Lizbon'dayken saçları kırpılmış, yüzü tıraş edilmişti; genç, temiz ve düzenli görünüyordu. Ama bu rahip, uzun sakalı ve tanınmayacak kadar uzamış saçlarıyla Julie'yi tamamen yabancı biri olarak etkiledi. Hatta onun davetsiz bir misafir olabileceğinden bile korkmuştu. Annesi de dahil olmak üzere, geçmişte aileleriyle tanışan hiçbir rahip tanımıyordu. Ama rahibi içeri davet edecek kadar cesurdu.

"Oturun lütfen," dedi Julie.

Rahip bir sandalyeye oturdu ve Julie'ye baktı. Julie biraz utandı ve gözlerini ondan kaçırdı.

"Sen Romula'nın..." rahip yarı yolda durdu. "Kızı," diye tamamladı Julie.

"Romula burada mı?" diye sordu rahip.

"Alışverişe çıktı, birazdan döner" diye yanıtladı Julie.

Rahip gülümsedi ve başka bir şey söylemedi. Çok geçmeden ikisi de dışarıdan gelen ayak seslerini duydular. Kapı zili çaldı ve Julie kapıyı açtı. Annesi odaya girip Julie'ye bir şeyler söylemek üzereyken rahibi fark etti ve sözlerini yutmak zorunda kaldı. Rahip Romula'ya baktı ve gülümsedi. Romula gülümsemeye tereddütle karşılık verdi ama o da rahibi tanıyamadı.

Onlara bir sürpriz yapmaya karar verdi: "Nasılsın Romula?" diye sordu.

Planı işe yaradı. Romula, rahibin ona samimi arkadaşlarının yaptığı gibi ismiyle hitap etmesine şaşırdı. Rahibin cübbesinden tanıdığı rahiplerin yüzlerini hatırlamaya çalıştı ama nafile. Onu tanıyamadığında utandı, çünkü rahip onun adını biliyordu, bu da tanıdık olduğunu gösteriyordu, oysa ona tamamen yabancı görünüyordu.

"Beni nereden tanıyorsunuz?" Romula sonunda şaşkınlıkla sordu.

Rahip sanki saklambaç oynuyormuş gibi tekrar gülümsedi.

Romula, "İsimlerimizi bildiğine göre, belki de ayrı yaşadığım kocamı da tanıyordur," diye düşündü. Sonra aklına bir fikir geldi; rahibin kocasının adını da bilip bilmediğine bakacaktı.

"Kocam burada değil," dedi Romula ve rahibin cevabını bekledi.

Cevabını duyan rahip içten bir kahkaha attı, bu da dolaylı olarak numaranın işe yaramadığına dair bir ipucuydu. "Robin'in burada olmadığını biliyorum" dedi rahip ve tekrar güldü.

Romula utanmış ve kafası karışmıştı. Pes edecek gibi hissediyordu. Yenilgiyi kabul etmek zorundaydı.

Bu yüzden kibarca, "Peder, sizi yerleştiremiyorum. Bu benim hatam. Lütfen bana kim olduğunuzu söyler misiniz?"

Rahip tekrar güldü ve sonunda kimliğini açıklamaya karar verdi. "Ben Fr Felix," dedi ve Romula'yı başarısızlığından dolayı daha da utandıran anlamlı bir gülümseme verdi. Romula, rahibin Lizbon'da bulunduğu günleri hatırladıkça hayretle rahibe baktı; yaşadıkları karşılıklı samimiyet aklına geldi. Romula, onlar hakkında her şeyi bilen bir insana kocasının orada olmayışından bahsettiğini fark edince kızardı. Rahibin hayatındaki istenmeyen bir sayfayı yeniden açmak için orada olduğundan şüpheliydi, özellikle de Julie'nin huzurunda. Bu tür ifşaatların, kocasının nerede olduğunu ortaya çıkararak işleri karmaşıklaştırabileceğini fark etti. O zaman belki Julie babasıyla tanışmak isteyebilirdi. Julie böyle bir iddiada bulunursa, onu engelleyemezdi.

Romula kocasından ayrıldıktan sonra sadece Julie'ye ait bir hayat sürmüştü. Sevgisini paylaşmasını istediği diğer tek varlık Tanrı'ydı. Julie'ye Tanrı'nın yollarını aşılamaya çalışmış, ona Tanrı'nın yarattıklarına, ruhuna ve maneviyatına duyduğu ilahi sevgi ve şefkati; ve O'nun emirlerinden sapanlara karşı Tanrı'nın gazabını anlatan manevi dersler vermişti. Öğretisinin amacı, kızına kendisini bir rol model olarak yansıtarak göstermekti: kendisinin Tanrı'da nasıl yaşadığını, O'na nasıl güvendiğini, Tanrı'da bir yaşam sürerek ve Tanrı'da ölmeyi umarak kendisini Tanrı'ya nasıl verdiğini. Bu, bir annenin kızına onu takip etmesi için yaptığı sessiz bir davetti.

Ama Julie'nin yaşı ilerlediği için tamamen kendi ruhanilik alanı altında tutulamayacağını biliyordu. Julie'nin Tanrı, ilahi sevgi ve maneviyat hakkındaki görüşleriyle ilgili kendi gerçek şüpheleri vardı. Bu yüzden anne her zaman kızının etrafına kurulan iskeleden atlamasından endişe duyuyordu.

Bilgili rahip onu ziyaret ettiğinde, bu onun sakin ve huzurlu yaşamına çalkantılı bir büyü yapan beklenmedik bir fırtına gibiydi. Kocasıyla evliliğini resmileştiren rahibin ziyareti karşısında mutsuz olmasının, daha doğrusu şok olmasının nedeni de buydu. Geçmişi, evliliği ve ayrılığı unutmak istediği şeylerdi. Bu yüzden kızına geçmişinden sadece gerekli olduğunu düşündüğü kadarını anlatmıştı. Geçmişini kızına ne ölçüde açıkladığından habersiz olan rahibin, annesinin çekincelerinden ya da ona ayrıntıları açıklarken ne kadar suskun olduğundan habersiz olan kızına istenmeyen bilgileri ifşa edebileceğinden korkuyordu. Bu nedenle, rahibin kızına açıklamadığı bir şeyi ağzından kaçırmasından endişe ediyordu. Eğer böyle bir şey olursa, kızının gözündeki sevgi dolu, açık yürekli anne imajı yok olacaktı. Rahibin ifşaatları onun itibarını sarsacaktı.

"Bu durumla nasıl başa çıkabilirim?" diye düşündü. "Rahibi kızıma geçmişimle ilgili hiçbir şey söylememesi için önceden uyaramam ya da onu tamamen engelleyemem, bu durumda kötü görünür. Kızımla olan ilişkimin sevgi dolu bir anne ve kızı arasında olması gerektiği gibi açık yürekli bir ilişki olmadığını düşünmez mi? Anne ile kızı arasında bir soğukluk olduğunu düşünmesine neden olmaz mı? Bir anne ve kızı arasındaki ilişkiden beklenen gerçek sevgi ve samimiyettir. Karşılıklı sevgi, şefkat, beraberlik ve karşılıklı aidiyet duygusu anne-kız ilişkisini doğal ve mükemmel kılar. Rahip bu faktörlerin bizim anne-kız ilişkimizde olmadığını düşünmez mi?"

Romula rahibin varlığını zamansız ve üzücü buldu. Ama yine de onu sıcak bir şekilde karşıladı, çünkü rahiple arasındaki güçlü bağı ve inkâr edilemez ilişkiyi görmezden gelemezdi. Geçmişte rahibe yakın olduğu zamanları unutamıyor ve rahibin kendisine yaptığı yardımları hatırlıyordu. Rahipten bol bol kutsama aldığı o zamanları! Rahibin üstün bilgisini onunla paylaşarak ruhani düşüncelerini genişletmesine ve zenginleştirmesine yardımcı olduğu o zamanlar!

Rahibe gelince, Robin, Romula ve kendisi arasında üçlü bir ilişki vardı. Bir de Julie vardı, Robin ve Romula'nın evliliğinden doğan tek çocuk, evliliği tesadüfen kendisi tarafından akdedilmişti, dolayısıyla bağ Julie'ye de dokunulmaz bir şekilde uzanıyordu. Eğer Julie rahibe karşı bir şeyler hissediyorsa, bunun nedeni rahibin anne ve babasının nikâhını kıyan rahip olmasıydı.

Dolayısıyla rahibin ziyareti, Romula için beklenmedik olsa da, uzun bir aradan sonra sadece iyi niyet içindi. Ama yine de rahipten bir an önce kurtulmak istiyordu, çünkü bir an için bile olsa rahibin orada bulunmasından hoşlanmıyordu. Birkaç günlüğüne onlarla kalmaya karar verirse kesinlikle korkunç olurdu ve eğer isterse "Hayır" diyemezdi. Julie'ye gelince, rahibin onlarla kalması onu pek ilgilendirmiyordu ama genel olarak rahibin onları rahat bırakmasını tercih ederdi çünkü onun varlığının özgürlüğünü ve mahremiyetini kısıtladığını düşünüyordu.

Rahip de fazla kalmaya hevesli değildi. Ama hoş karşılandığını hissettiği sürece kalacaktı. Herkes ikilem içindeydi. Ama anne ve kızın kendisini kabul etmekte ne kadar isteksiz olduklarını fark etmemişti. Geçmişte aileyle olan yakın ilişkisini göz önünde bulundurduğunda bunu hiç düşünmemişti. Yakındılar, çok yakındılar, tek bir aile gibi yaşıyorlardı. Robin ve Romula'nın evliliklerinin kutsanması da dahil olmak üzere ailenin ruhani ihtiyaçlarını karşılayan kişi rahipti. Bu yüzden rahip, kendisini nezaketsiz hisseden Romula'nın nezaketsizlik yapabileceğini düşünemiyordu. Julie gizliden gizliye rahibin gitmesini arzulasa da, içindeki psikolog ona her zamanki "insanlar özünde bencildir" atasözünü hatırlattı ve bunun bu koşullar altında hepsinin nasıl hissettiğini tam olarak açıkladığını düşündü.

Rahip uzun zamandır hem Robin'e hem de Romula'ya ayrı ayrı nazik ve yakın davranıyordu, çünkü aynı kiliseye mensuplardı ve rahiplik görevini yürütüyordu. Daha sonra evliliklerini resmileştirdiğinde, yakınlığı, ilgisi ve kaygısı bireysel olarak onlardan ziyade ortak yeni ailelerine yöneldi. Evlilikleri sallantıya girdiğinde, aralarını düzeltmeye yardımcı olmaya çalışmıştır. Çabaları başarısız olduğunda, yine de hem Robin'e hem de Romula'ya karşı adil olmaya çalıştı. Robin Lizbon'dan ayrıldığında ve kendisi de Lizbon'dan transfer edildiğinde, aileyle olan bağlantıları kesildi. Ama Robin de tıpkı Romula gibi zihninde yaşamaya devam etti.

Julie her zaman annesinin ve kendisinin içinde bulunduğu ikileme uygun daha doğru bir deyiş düşünüyordu ve sonunda ikinci bir deyişte karar kıldı. Ne de olsa "insanlar özünde bencildir"

"insanların esasen nankör olduğunu" düşündü. İlk başta ikincisinin birincisinden daha kesin ve bağlamsal olduğunu düşündü. Ancak daha derine indiğinde bu iki özdeyiş arasında yadsınamaz bir bağlantı buldu. Psikolojik bilgisiyle bunların insan doğasının sebep ve sonuçları olduğunu keşfetti. Bir sonraki bariz sorular şunlardı: İnsanlar neden esasen bencildir ve neden esasen nankördür? Daha sonra ilkinin soru, ikincisinin ise cevap olduğu sonucuna vardı. İnsanlar özünde bencildir ve bu yüzden minnettar olamazlar.

Rahip Lizbon'dayken Robin ve Romula onun dostluğundan ve iyi niyetinden bolca yararlanmışlardı. Uzun bir süre onun cömertliğinden yararlanmışlardı. Tanrı'ya inanan biri olarak Romula'nın onun manevi yardımına çok ihtiyacı vardı. Ona Tanrı'nın yolunda nasıl davranması gerektiği konusunda rehberlik etmiş ve yol göstermiş, mantıksal ve derinlemesine analizleriyle teolojinin temellerini öğretmişti. Rahibe geri verdiği şey, Tanrı'ya olan kesin inancı ve dini ayinleri ciddi bir titizlikle yerine getirmesiydi. Rahip ona, Tanrı'nın her zaman dini ayinlerin yerine getirilmesinde rahip ve dindarların birlikte çalışmasını dilediğini öğretti. Dindarları kiliseye gelmeye devam etmeye teşvik etti. O zaman ilahi kutsamalar rahibin ve katılan dindarların üzerine yağacaktı. Bunlar rahip ve dindarların bir araya geldiği geçici anlardı. Ve bu anlar, beden ve ruhun hararetle bir tür ruhani birlikteliğe girdiği ciddi anlardı. Bu bir tür alma ve vermeydi. Rahibin dindarların varlığına ihtiyacı vardı ve dindarların da rahibin varlığına ihtiyacı vardı. O zaman Tanrı'nın dileğinin de yerine geldiği ortaya çıktı.

Bölüm 23

Rahibe kahve ve atıştırmalıklar verildi. Romula ve Julie oturdular. Rahip daha sonra konuşmaya başladı. "Şu anda Porto'da St Alosious kilisesinin papazı olarak çalışıyorum ve burada iki görevim var. Aynı adı taşıyan bir ilahiyat fakültesi kilisenin himayesi altında çalışıyor. Hem kilisenin papazı hem de kolejin müdürü ve profesörü olarak görev yapıyorum."

"O halde sizi Lizbon'a getiren nedir?" Julie sordu.

"Buradaki kilisenin papazı bir rahatsızlığı nedeniyle izinde ve ben de geçici bir görevle buradayım. Sadece üç günlüğüne burada olacağım," dedi rahip. Robin'le temas halinde olduğunu ya da nerede olduğunu açıklamak istemedi, çünkü Robin Romula'yla buluşmasına herhangi bir ilgi göstermemişti.

"Yani üç gün boyunca burada olacaksın? Ve şimdi nerede kalıyorsun?" Romula merakla sordu.

"Papazın odasında," diye yanıtladı rahip.

"Peki ya diğer rahip?" Romula tekrar sordu.

"O da benimle kalıyor. Bizim için yemek hazırlayan düzenli bir aşçımız var," diye yanıtladı rahip.

Bunu duyan Romula rahat bir nefes aldı. Ancak Romula'nın endişesi geçer geçmez Julie endişesini yeniden canlandırdı. Rahibe babasının nerede olduğuna dair bir ipucu verip veremeyeceğini sormak istiyordu. Fazla zamanı kalmamıştı, çünkü rahibin Lizbon'dan ayrılmasına sadece üç gün vardı. Bu yüzden annesi olmadan rahiple konuşmak için hemen adım atması gerekiyordu.

Bir süre sonra rahip onlarla vedalaştı ve odasına geri döndü. Julie ona geri dönmesi için yeterince zaman tanıdı ve sonra onu aradı. Sanki başka bir amaç için evden dışarı çıkan Julie, annesinden kurtulmuş ve bu fırsatı değerlendirmişti. Rahip hemen telefonu açtı.

"Fr Felix'i telefona alabilir miyim?" diye sordu Julie.

"Evet, konuşuyorum," dedi Fr Felix diğer uçtan.

"Ben yine Julie, Romula'nın kızıyım," diye kendini tanıttı.

"Bu kadar erken aramana ne sebep oldu? Acil bir şey mi var?" diye sordu Peder.

Julie, "Evet, Peder, konu benim için acil," diye yanıtladı.

"Acil mi?" diye sordu Peder şaşkınlıkla.

"Evet, Peder. Bu konu benim için çok acil. Sizinle bu konu hakkında konuşmak istiyorum. Ne zaman yapabiliriz? Ne zaman müsaitsiniz? Yarın annem bir günlük dini bir toplantıya gidiyor. Size sormak istediğim konu annemle ilgili. O yokken sizinle görüşebilir miyim? Lütfen bana müsait olup olmadığınızı söyleyin," dedi Julie.

Rahip diğer papazı düşündü: Julie onunla odasında buluşursa, diğer papaz da konuşmaya katılmak zorunda kalacaktı. Julie'nin bundan hoşlanmayacağını biliyordu.

"Eğer sizin için de uygunsa, sizinle evinizde buluşabilirim. Sabah 10'a kadar size ulaşabilirim," diye önerdi rahip.

Julie bunun çok iyi bir fikir olduğunu düşündü ve kabul etti; Peder tam saatinde Julie'nin evine ulaştı.

"Oturun, Peder," diye davet etti Julie, Peder de oturdu.

Julie daha fazla zaman kaybetmeden konuyu açtı. "Bildiğiniz gibi annem ve babam ayrılar. Şimdi araştırmama yardımcı olacağı için babamın nerede olduğunu öğrenmek ve onunla konuşmak istiyorum. Sizden istediğim şey babamı bulmanız. Ben onların ayrılmasından sonra doğduğum için, bu dünyada bir kızı olduğunun farkında bile olmayabilir. Annem babamın nerede olduğuna dair herhangi bir ipucu verebilecek durumda değil. Hayatta da olabilir, artık yok da. Ama bu konuda bana yardımcı olabileceğinize inanıyorum. Eğer yaşıyorsa, onunla acilen görüşmek istiyorum." Julie, Baba'ya tamamen güvenerek içini döktü.

Rahip onu dikkatle dinledi ve ona anlamlı bir gülümseme verdi. Julie'nin kendisinden ricasının ve babası hakkındaki bilgisinin hoş bir tesadüf olduğunu düşündü, yani Julie şanslıydı.

"İçinde bulunduğunuz ikilemin tamamen farkındayım. Normalde babanızın nerede olduğu hakkında bir fikrim olmasaydı size yardımcı olmayabilirdim," diye cevap verdi rahip.

Bu Julie'nin umutlarını yeniden canlandırdı. "O zaman onun hakkında bir fikriniz var mı? Cevabınız bir şeyler bildiğinizi gösteriyor." Julie zihninde ani bir umut kıpırtısı hissetti.

"Evet, babanın nerede olduğunu biliyorum. Ve onunla buluşmanız için gerekli ayarlamaları yapabilirim.

Bu senin için uygun mu?" diye sordu baba.

"Lütfen! Bana nerede olduğunu söyle!" Julie haykırdı.

"Porto adında bir yerde çalışıyor, şu anda yaşadığım yerde," dedi rahip. "O zaman söyle bana onunla nasıl bağlantı kurabilirim?" Julie büyük bir heyecanla sordu.

"Yarından sonraki gün Porto'ya geri dönüyorum. Yarın akşam buradaki görevimden azledileceğim. Yarından sonraki gün, sabah 8'de Porto'ya gidiyorum. Eğer senin için uygunsa, benimle gelebilirsin. Bu onunla tanışmanız için en kolay yol. Ancak anlaşmanın annenden gizli olmasını istediğin için uygun ayarlamalar yapman gerekebilir. Eğer benimle geleceksen, yarın akşamdan önce bana haber ver," dedi rahip.

Julie, "Tamam, akşamdan önce haber veririm," dedi ve rahip gitti.

Julie kapıyı kapatırken düşünceliydi. Her şeyin düşündüğünden daha hızlı ayarlanması gerekiyordu. Babasıyla tanışmak için sabırsızlanmasına rağmen, rahiple birlikte gitmenin bir savaş ayağı gerektireceğini hiç düşünmemişti.

Bölüm 24

Öğlen olmuştu. Julie öğle yemeğini erken yemişti. Annesine haber vermeden planlarını nasıl gerçekleştireceği konusunda düşüncelere dalmıştı. Araştırmalarını yaparken evden uzakta olurdu. Annesi onun evden uzak kalmasına asla karışmazdı. Herhangi bir protestonun vahşi doğada bir çığlık olacağını ve sadece küskünlük yaratacağını biliyordu. Bundan hoşlanmıyordu: kızıyla ayrılması onun için düşünülemezdi. Kızının yaşam tarzına katlanmak zorunda olduğunu fark etti: Julie'nin araştırmasını sürdürürken gösterdiği tutumluluk kendi ruhani görüşlerine aykırıydı. Araştırmanın Tanrı ve ilahi aşk hakkında geleneksel inançlardan farklı yeni bulgular getirebileceğini biliyordu. Eğer böyle olursa, antik çağlara dayanan kendi bulguları Julie'nin zihnindeki etkisini kaybedecekti. Gelecekte böyle bir durumla karşılaşabileceğini tahmin edebiliyordu ama buna katlanmak zorunda kalacağını da biliyordu.

Akşama doğru Romula geri geldi. Konuşurlarken, Julie evden ayrılma planını annesine bildirecek zamanı kalmadığını fark etti. Babasıyla tanışmak için Fr Felix ile Porto'ya gideceğini annesine söyleyemezdi. Her şey bir sır olarak saklanacaktı. Annesinin onayını ancak araştırmasıyla ilgili olarak uzakta olacağını söylerse alabilirdi. Julie annesinin iznini almak için planını ustaca uyguladı. Daha sonra Fr Felix'e babasıyla buluşmak için onunla birlikte Porto'ya gideceğini bildirdi. Diğer rahibi planlarından haberdar etmemek için rahiple buluşmasını kilise binasının dışında ayarladı.

Bölüm 25

Julie annesinden bir haftalık izin aldı ve Fr Felix'ten gelecek telefonu bekleyerek yavaş yavaş kiliseye doğru yürümeye başladı. Çok geçmeden telefon geldi ve ayarlandığı gibi rahibin arabasının kilisenin yakınında onu beklediğini gördü. Hiç vakit kaybetmeden arabaya bindi ve Porto'ya doğru yola çıktılar. Yolda rahip Robin'i cep telefonundan arayarak geldiğini haber verdi. Robin'in bilinmeyen kızı Julie ile birlikte olduğunu ona söylemedi. Bu tür ayrıntıları yüz yüze konuşmak istiyordu. Ne de olsa Robin'in bu dünyada kısa süren evliliğinden doğan bir kızı olduğuna dair en ufak bir fikri bile yoktu. Yaklaşık dört saatlik bir yolculuktan sonra Porto şehrine ulaştılar. Kilise ve ilahiyat fakültesi şehrin merkezindeydi ama Robin şehrin dışında kalmıştı. Rahip Julie'yi papaz evine götürmenin bir anlamı olmadığını düşündü, bu yüzden doğruca Robin'in dairesine gittiler.

Robin zili duyar duymaz kapıyı açtı. Rahibin yanında genç bir bayan gören Robin biraz utandı. Onu daha önce gördüğünü hatırlamıyordu. Fr Felix'in bekâr olduğunu biliyordu, bu yüzden genç bayanın kimliği hakkında hiçbir fikri yoktu. Robin onları içeri davet etti, hepsi oturdu ve Robin yine kafası karışmış bir şekilde genç kadına baktı. Rahip hafifçe eğlenerek sahneyi izledi.

"Bu bayanın kim olduğunu biliyor musunuz?" diye sordu rahip gülümsemesini gizleyerek. Robin, "Üzgünüm, hiçbir fikrim yok," diye cevap verdi.

Rahip içten bir kahkaha attı ve bu Robin'i utandırdı. Gerçeği mecazi bir şekilde açıklamak istiyordu: "O senin yirmi dört yıl önce ektiğin tohum, şimdi çiçek açıp tam teşekküllü bir bitkiye dönüştü," dedi rahip.

Robin'in bunun ne anlama geldiği hakkında hiçbir fikri yoktu. Satır aralarını okuyamıyordu. Daha da utanmıştı. "Şey, seni anlamıyorum. Büyük fikir nedir?" Robin sordu

Rahip durumu daha açık bir şekilde ifade etti: "Julie, bu tanışmak istediğin baban."

Robin'in Romula'dan doğan bir kızı olduğuna dair zerre kadar fikri yoktu, bu yüzden rahibin açıklamalarını takip edemedi. Rahibe kuşkuyla baktı.

Rahip, "Bu genç hanımın babası olduğunuzun farkında olmayabilirsiniz," dedi.

Robin'in kafası hâlâ oldukça karışıktı. İçinde bulunduğu durumu gören Julie açıklama girişiminde bulundu: "Ben senin tek kızınım Julie. Benim annem Romula," dedi.

Robin hoş bir sürprizle, neredeyse bir şokla karşılaştı. Romula ile ancak bir ay süren acı dolu ilişkisini ve kısa süre sonra ayrıldıklarını düşündü. Romula ile yaşadığı ve tamamen başarısızlık olarak hatırladığı acı dolu deneyime rağmen, şimdi tam teşekküllü bir hanımefendi olarak karşısına çıkan bir bebeğin doğduğuna inanamıyordu. Julie ona "baba" diye hitap ettiğinde sevincinin sınırı yoktu. Gözleri doldu ve ardından yanaklarından aşağı süzülen yaşlarla doldu. Hayatında ilk kez babalığın mutluluk verici bir deneyim olabileceğini fark etti. Sonra ona nasıl yaralandığını anlattı.

Julie babasıyla tanışmadan önce onun hayatta olup olmadığına dair hiçbir fikri yoktu. Annesi sadece ayrıldıklarından beri onu ziyaret etmediğini söylemişti. Dolayısıyla Julie'nin onun nasıl göründüğüne, yüzüne, endamına, uzun mu kısa mı olduğuna, düz mü yoksa kambur mu yürüdüğüne ya da omuzlarının düşük mü olduğuna, ten rengine, genel tavrına dair hiçbir fikri yoktu. Onu ilk kez gördüğünde, uzun zamandır zihninde beslediği soyut baba figürünün yerine, karşısında ete kemiğe bürünmüş bir babası olduğu için çok sevindi. Zihnindeki baba figürünün yerine geçecek gerçek bir varlığın önünde cisimleştiğini hissetti. Bu onu mutlu etmek için yeterliydi. Babasının engeli onu özellikle üzmüyordu, çünkü babasını önceki haliyle hiç görmemiş ya da tanışmamıştı. İlk karşılaşmalarından itibaren onu koltuk değnekleriyle idare ederken görüyordu. Bu yüzden babasının görünüşünde onu üzecek ani bir değişiklik hissetmedi. Tüyleri diken diken olmuş, hayatında ilk kez ailesini tamamlayacak bir anne ve babaya sahip olduğu bir aileye ait olma duygusunu tatmıştı.

"Artık bir kızım var, yaşlılığımda, özellikle de engelli halimde yanımda olmanı istiyorum," diye umutlarını ve dileklerini dile getirdi Robin, yüzünde ender rastlanan türden bir memnuniyet ifadesi vardı. Onun bu isteği Julie'yi ikilemde bırakan beklenmedik bir istekti.

Julie şöyle düşündü: "Babamın bu isteği ancak yaşlanan ya da yardım gerektiren herhangi bir engelden muzdarip olan bir babadan beklenebilir. Bir ebeveynin sırtını dayayacağı birine ihtiyaç duyduğu bir dönemdir. Bir ebeveynin yakınlarının ve sevdiklerinin birlikteliğine özlem duyduğu zamandır. Babamın annemle karşılıklı sevgi duygusunu geliştirme fırsatı olmadı. Eşler arasındaki sevgi ancak beslenerek gelişir. Ama onların aşkı bir havai fişek kıvılcımıydı, parladı ve kısa sürede söndü."

Hayal kurmaya devam etti. "Ama araştırmamın ortasındayken onu nasıl memnun edebilirim? Peki ya annem? Onu nasıl yalnız bırakabilirim? Artık birlikte yaşamaları söz konusu değil. Annemin hayat görüşüne göre, ayrılıkları ölümcül ve aşılamazdı; yeniden bir araya gelme şansları yoktu. Ama ben onların ayrılma olayıyla bağlantılı değilim. Ben sadece onların yıkılan evliliklerini anlamlı kılabilecek yaşayan bir bağlantıyım. Şimdi sorun şu ki, hem babam hem de annem bana tek başına sahip olmak isteyecek. Ailemin iyiliği için araştırmamı yarıda bırakamam ya da erteleyemem. Her biri diğerini dışlayarak beni isterken onların ihtiyaçlarını nasıl karşılayabilirim? Benim de ailemin ötesinde kendime ait bir hayatım var. Çocuklar olgunlaşıp yetişkin olduklarında, ebeveynler onların üzerindeki pençelerini yavaşça bırakmalı ve havalanmalarına izin vermelidir. Bu dersi kuşlardan ve arılardan öğreniyoruz," diye düşündü Julie. Araştırması için babasından hayati detaylar toplamak istiyordu ve bu ertelenemeyecek en acil ihtiyacıydı. Bu yüzden şimdilik babasının talebinden vazgeçmeye karar verdi ve ondan toplamak istediği bilgilerle ilgili konuşmalarını nasıl açacağını düşünmeye başladı. Bir psikolog olarak tedirginliklerini bir kenara bırakabilir ve zihnini araştırmasına odaklayabilirdi.

Bölüm 26

Ertesi gün kahvaltıdan sonra Julie konuyu babasına açtı. "Baba, ilahi aşk hakkında ne düşünüyorsun?" diye sordu başlangıç olarak.

"İlahi aşk Tanrısaldır. Tanrı'dan yayılır ve onun yarattıklarına karşı eğitilir. Yarattıkları da onu nimetleri için sever. Ben böyle hissediyorum," diye yanıtladı babası.

Julie babasının cevabında özel bir şey bulamadı. Ona karşılıklı sevginin tanımını vermişti. Tanrı yarattıklarını seviyordu ve yarattıkları da onu seviyordu. Sevginin nihayeti konusunda herhangi bir zorluktan bahsetmemişti. Başlangıç, seyir ve son, ister ilahi ister dünyevi olsun, aşk kavramının ayrılmaz parçalarıdır. Babasının ilahi aşk kavramının sonluluğuna değinmediğini düşünüyordu. Julie için önemli olan her türlü aşkın sonluluğuydu. Araştırmasını yönlendiren de buydu. Bu yüzden babasının tanımının sonluluğa değinmediğini fark ettiğinde, soruyu farklı bir şekilde sormaya karar verdi.

"Baba, senin ilahi aşk tanımın eksik," dedi.

"Söyle bana, böyle düşünmene ne sebep oldu?" diye yanıtladı babası.

"Bana göre ilahi ya da dünyevi aşk kavramının bir başlangıcı olmalı. Bir seyri olmalı. Aynı zamanda bir sonu da olmalı. Son, onun kesinliği anlamına gelir. Siz ilahi aşkı karşılıklı sevgi gibi bir şey olarak tanımladınız. Ama benim hissettiğim şey, başlangıcı, seyri ve sonu hakkında sessiz olduğu. İlahi aşkın sonunu bulmak için araştırma yapıyorum. Dolayısıyla ilahi aşkın karşılıklı aşk olduğu ifadesi geçerli değil. Özü yoktur. Gereksizdir. Bana bir ipucu vermiyor. Bir tanım böyle olmamalıdır. Etkileyici olmalı, daha az kelimeyle meramını anlatmalıdır. Açık olmalı. Sizin tanımınız ilahi aşkın bu temel unsurlarından yoksun" diye iddia etti Julie.

Ama babası da kızıyla aynı fikirdeydi. Bu onu dalgın bir ruh haline soktu ve daha derin düşünmesine neden oldu. Julie onun daha iyi bir açıklama bulmak için derin düşündüğünü tahmin etti; bu yüzden bekledi.

"Evet," diye formüle etti, "ilahi ya da dünyevi her türlü aşkın bir başlangıcı, bir seyri ve kaçınılmaz bir sonu olmalıdır. Burada sondan kasıt, ölüm ya da başarısızlık nedeniyle aşkın sona ermesi değil; aşkın nihayete ermesi, tamamlanmasıdır. Aşk, tamamlanmış olmak için, tamamlanmalıdır."

"Peki ya ilahi aşk?" Babasının açıklamaları her türlü aşkla ilgili olmasına rağmen Julie bu soruyu özellikle sormuştu. Hiçbir noktayı tahmine bırakmak istemiyordu, bu yüzden araştırma noktası olan bu özel soruyu sormuştu. Babasının bu konudaki görüşlerini öğrenmek istiyordu. Babasının ilahi aşk kavramının annesininkiyle örtüşüp örtüşmediğini öğrenmek istiyordu. Yani onun için bu temel bir soruydu. O da bu sorunun ilgi çekici olduğunu düşünüyordu. Kutsal kitapların ya da teolojik çalışmaların hiçbir yerinde, bazı uydurma hikayeler ya da dinciler tarafından yapılan yorumlar dışında, ilahi aşkın gerçekte nasıl gerçekleştirilebileceğine dair bir söz bulamadı. Burada ilahi aşkın gerçekleşmesi sorusu mistik bir kavrama dönüşüyordu. Tanrı'nın yarattıklarını sevmesi ve yaratılanların da Tanrı'yı sevmesi dışında bir cevap bulamadı. Tanrı yarattıklarına karşı şefkatli olarak tanımlanır. Tanrı yarattıklarına yaşamın erdemleri konusunda dersler vermiş ve onlardan bu öğretilere göre yaşamalarını beklemiştir. Ancak tüm bunların ilahi sevgi olduğu söylenebilir mi? Bu tanımlamalar temel soruya dokunmakta başarısız olmuştur.

Julie'nin babası, "İlahi aşkın da bir tamamlanmışlığı, bir nihayeti olmalı," dedi.

"İlahi aşkın tamamlanması ya da nihayete ermesi kavramını mistik bir soyutlama olarak mı görüyorsun?" Julie sordu.

"Dışarıdan öyle görünüyor. Ama sana bir cevap verebilmem için derin düşünmem gerekiyor" dedi babası.

"Tanrı'nın başarısını tamamladığını düşünüyor musunuz?" Julie sordu. Babasından sorusunun yanıtını almak istiyordu. Yani soruları bir bakıma nihai sorunun ipuçlarıydı. Amacı, babasından bu konudaki kendi düşüncelerini doğrulayan cevaplar almaktı.

"Evet, Tanrı ilahi aşkını nihayete erdirdi," dedi babası.

"Bana nasıl olduğunu söyle?" Julie, sorularının cevabına yaklaştığını düşünerek sordu. "Tanrı'nın sevgisinin doruk noktası, yaratıcı işlerine kendini kaptırarak yaratıcı dürtüsünü tatmin edebildiği zamandır. Ve yaratıcı işler ilahi sevginin fiziksel ya da dünyevi kısmıdır - kesinlikle ilahi sevginin başarısıdır" dedi babası.

"Baba, benim de senden öğrenmek istediğim buydu. Şimdi o noktaya geldin. Ve sorularıma cevap vermek senin için çok kolay. Şimdi cevabın bana araştırmamı tamamlamak için esrarengiz bir dürtü verdi. Ve bunun başarılı olacağından eminim," dedi Julie kendinden emin bir şekilde. "Şimdi Tanrı'nın sözde ilahi aşkı ile yaratıcı dürtüsü arasındaki ilişkiyi açıklayabilir misiniz?" diye sordu.

"İlahi aşk bir sebeptir ve yaratıcı dürtü de Tanrı'nın bu sebebi gerçekleştirdiği sonuçtur. Sebep zihinseldir; siz buna ilahi ya da uhrevi diyebilirsiniz. Sonuç ise fizikseldir. Tanrı yaratıcı işler aracılığıyla insanları yarattığında, bu başarıyı elde ediyordu. Bu onun sevgisinin zihinsel aşamadan fiziksel aşamaya geçişidir," dedi babası.

"Annemin Tanrı'da yaşamak ve ölmek istediği görüşü hakkında ne söyleyeceksiniz?" Julie sordu.

"Tanrı'da doğmak, Tanrı'da yaşamak ve Tanrı'da ölmek ilahi aşkın zihinsel yönünü ifade eder. Tanrı'da ölmek onun sonudur, tamamlanması değil. Sevgi hem zihnin hem de bedenin bir birleşimidir. Fiziksel ve zihinsel faaliyetler her türlü sevgiyi tamamlayan temel parçalardır. Tanrı'da yaşamak ve ölmek tamamlanmamış bir sevginin göstergesidir. Ölüm onu nihai noktasına ulaşmadan kısa keser," dedi babası.

"Size annemle olan ilişkinizi sormak istiyorum. Lütfen bunu kızınızdan değil, bir psikologdan gelen bir soru olarak kabul edin," dedi Julie. Sorduğu sorunun babası için utanç verici olabileceğini biliyordu. Bu yüzden babasından, araştırması için kendisine yeterli malzeme sağlayabilecek açık yürekli bir yanıt almak istiyordu. "Aşk hayatınız nasıldı? Yani annemle senin aranda?" Julie sordu.

"Umarım annenden kalan her şeyi biliyorsundur. Ama araştırman için değerli bir şeyler çıkarmak amacıyla benim ve annenin anlattıklarını analiz etmek istediğini biliyorum," dedi Robin. Evliliklerinin ilk günlerinde Romula'yla yaşadıkları sorunu sorduklarında psikoloğun ona söylediklerini hatırladı. "Annenin aşk hayatı tamamen Tanrı için eğitilmişti. Sıradan değildi. Zihni Tanrı'ya sabitlenmişti. İlahi aşkın ruhani ve uhrevi yönleriyle ilgilenirdi. Onun için bunun fiziksel yönü acı vericiydi. Böyle bir zihinsel duruma nasıl ulaştığı, herhangi bir nedene bağlı olmaksızın Tanrı'ya olan kör inancından kaynaklanıyordu. Sevgisini kocası olarak benimle asla paylaşmak istemedi. Dünyevi aşk, evlilik ve bunun gibi kavramları sindiremiyordu. Onun için Tanrı koca figürüydü. Ona doğru yolu gösterecek kimse yoktu."

Baba ve kız arasındaki konuşma bu aşamaya geldiğinde rahip içeri girdi. Kilisenin bir üyesi tarafından kendisine hediye edilen bazı meyveler getirmişti. Rahibin varlığı özel konuşmalarına bir son verdi. Ancak rahip Tanrı'nın, ruhun ve maneviyatın sözcüsü olduğu için konuşmaları maneviyata döndü.

"Nasılsınız peder? İyi misiniz?" Robin konuşmayı başka yöne çekmek için sordu. "Evet, iyiyim. Peki siz nasılsınız?" diye yanıtladı rahip.

"Bunlar yasak meyveler mi?" Julie şakayla karışık sordu.

"Evet, öyle. Artık sadece satılık yasak meyveler var," diye espriye katılan rahip, modern bahçıvanlar tarafından her yerde gelişigüzel kullanılan böcek ilaçlarına atıfta bulundu. Rahibin yanıtı yerindeydi ve bu şaka hepsinin hoşuna gitti.

Julie rahiple ilk karşılaşmasından itibaren onda özel bir karakteristik fark etmişti: çok fazla dindarlığın olmaması. Meyvelerle ilgili şakayı yapmasına neden olan da buydu. Ve rahibin uygun cevabı onun hakkındaki düşüncelerini doğruladı.

"Özel bir amaç için geldim," dedi rahip. Hem baba hem de kızı beklentiyle ona baktılar. "Julie, burada ne kadar kalacaksın?" diye sordu rahip.

"İki gün daha. Pazar günü Lizbon'a gidiyorum," diye yanıtladı Julie.

"Yarın sana bir öğle yemeği vermek istiyorum. Senin için sorun olur mu?" diye sordu rahip. "Neden bu yükü üstlenmek zorundasınız, Peder?" diye sordu Julie.

"Bu benim için bir yük değil. Ben sadece mutluyum. Sizin için özel bir düşüncem var. Bu çok özel" dedi rahip. Rahibin bu sözleri hem babayı hem de kızı meraklandırdı.

"Neymiş o peder?" Julie sordu.

"Sana açıkça söyleyeyim. Baban ve annen arasındaki evlilik benim tarafımdan gerçekleştirildi. Evlilik başarısız olunca, tüm dualarıma rağmen Tanrı'nın bu evliliği kutsamadığını düşünerek kendimi suçlu hissettim. Annenle babanı birleştiren nikâh Tanrı'nın iradesine aykırı ise beni affetmesi için Tanrı'ya hararetle dua ettim. Baban anneni terk ettiğinden ve ben Porto'ya tayin olduğumdan beri annenden haber alamıyordum. Boşanmış bir kadın olarak hâlâ yalnız yaşadığını sanıyordum. Ama senin bu ilişkiden doğduğunu bilmek bana sonsuz bir mutluluk verdi, çünkü ayrılığa rağmen bu ilişkinin meyvelerini verdiğini biliyordum."

Julie, "Şimdi Peder, bu aklımdan birçok düşünce geçirmeme neden oluyor," dedi. "Babamla annemin evliliğinin başarısız olmasını Tanrı'nın İsteğine aykırı olmasına bağlıyorsunuz. Bunun böyle olduğunu nereden biliyorsunuz?"

"Çünkü evlilik sürdürülemedi," diye yanıtladı rahip.

"O zaman bir evliliğin başarısından ya da başarısızlığından Tanrı'nın sorumlu olduğunu mu söylüyorsunuz?" diye sordu Julie.

"Evet, öyle" diye yanıtladı rahip.

"O zaman neden Tanrı bazı evlilikler başarılı olurken bazıları başarısız olduğunda bazıları için iyilik ve bazıları için kötülük diliyor?" Julie sordu.

"Bunların hepsi Tanrı'nın yollarıdır ve insanların bunları sorgulamaması gerekir," diye yanıtladı rahip.

Julie güçlü bir nokta ortaya koydu. "Tanrı'nın İradesine aykırı olduğu için böyle bir evliliği gerçekleştirdiğiniz için kendinizi suçlu hissettiğinizi söylüyorsunuz. O zaman her şeyi bilen Yüce Tanrı neden sizi önceden uyaramadı ve bu evliliğin gerçekleşmesini engelleyemedi, eğer bu O'nun iradesine aykırıysa?"

"Tanrı'nın yollarını sorgulamamamız gerekiyor. Bu O'nun gazabını davet eder," diye yanıtladı rahip. Ama garip bir şekilde sakin görünüyordu, Julie bunu fark etti.

"O zaman yarattıklarına olan şefkati ve sevgisi yok mu olacaktı?" diye sordu Julie. "Tanrı'nın İradesine aykırı olarak tanımladığınız aynı evlilikten doğduğum için mutlu olduğunuzu söylüyorsunuz. Eğer ben Tanrı'nın İradesine aykırı bir evlilikten doğduysam, benim doğumumdan nasıl mutlu olabilirsiniz? Tanrı'nın hoşuna gitmeyen bir evlilik yaparak doğumuma zemin hazırlayan siz olduğunuza göre, doğumumdan dolayı pişmanlık duymanız gerekmez mi? Yani Tanrı'nın iradesini değil, kendi duygularınızı yorumluyorsunuz. Bir mümin olarak, düşünceleriniz her zaman Tanrısallığın iskeleti içindedir. Düşüncelerinizin etrafında yalnızca sizin tarafınızdan yaratılan Tanrısal bir hale vardır. Şimdi Tanrı'nın hoşnutsuzluğuna, Tanrı'nın cezasına inanıyorsunuz ve zihninizin etrafında sizden başka hiç kimse tarafından ve yalnızca sizin tarafınızdan inşa edilmiş bir suçluluk halesi var. Her şeyi Tanrı'nın İradesine atfediyorsunuz ki bu her müminin alışkanlığıdır," diye içini döktü Julie.

Rahibin cevabını bekledi ama cevap gelmedi. Rahip bir hayal alemindeydi.

Julie böyle mantıklı sorular sorarak kendi bulgularına daha fazla güveniyordu. Peşinde olduğu bu tür bir güven, araştırmasına yardımcı olacaktı. Rahibi rastgele sorgulamasının yersiz olduğunu hiç düşünmemişti, özellikle de onu öğle yemeğine davet etmeye geldiğinde. Ama zihninin rahibe hissettiklerini anlatması, düşüncelerinde daha mantıklı olmasını sağladı.

Dostluk, nezaket ve bunun gibi şeyler herkes için ortaktır. Her yerde homojen bir yapıya sahiptirler. Rahiple aynı fikirde olmasa bile bunun ona olan nezaketini ve saygısını azaltmayacağını düşündü; aynı şey rahip için de geçerliydi. Bu düşünce onu rahibi incitecek kadar açık sözlü olmadığına ikna etti. Bir araştırmacı olarak Julie, rahibin kendisine söylediklerini yutamayacağını fark etti. Sonra inananların, hepsinin, inançlarını korumaya çalışırken mantık ve akıldan yoksun olduklarını, bunun da onların en büyük trajedisi olduğunu düşündü. Onlar hayatlarını temelsiz inançlarının derinliklerinde boğulmaya bırakarak heba eden bir güruhtu. Julie'nin psikoloji bölümünü seçmesi onu annesinin pençesinden kurtarmaya yardımcı olmuştu. Julie bağımsız düşünmeye başlamıştı. Zihni annesinin Tanrı ve maneviyat anlayışını sorguluyordu. Julie için bu kendini tanımanın bir yoluydu ve bağımsız düşünebildiğinin açık bir göstergesiydi.

Julie sözlerine şöyle devam etti: "Gerçeği bulmayı düşünmek için geleneksel inançların mabedinden çıkıp bağımsız bir düşünüre dönüşmek gerekir. Kişi kendini geleneksel inançların sınırları içinde tutarak bağımsız bir düşünür olamaz. Sadece bağımsız bir düşünür gerçeğin araştırmacısı olabilir."

Kuşkusuz Julie de öyle olmuş, hedefine doğru kararlı bir ilerleme kaydetmişti. Babası onda bir kusur bulamazdı, çünkü Tanrı, din, maneviyat ve bunun gibi şeyler söz konusu olduğunda kendi görüşü ile Julie'ninki bir ve aynıydı. Rahiple yaptığı konuşmanın, ilahi aşkın nihai noktasını bulma konusundaki araştırmalarına bir ivme kazandırmış olmasından dolayı mutluydu.

Sonra Julie annesinin ona karşı tutumunu düşündü. Gerçeği bulmuş olarak geri dönerse annesinin onu asla kabul etmeyeceğini biliyordu.

Rahibin ifadeleri hakkındaki şüphelerine gelince: anne ve babasının onun tarafından kıyılan nikâhı başarısız olduğu için onu suçlu hissettiren neydi; onların nikâhını kıyma eyleminin Tanrısal olmadığını düşündüren neydi? Ve Julie ile mutlu olduğuna dair çelişkili ifadeleri, çünkü Julie onun kıydığı nikahtan doğmuştu. Bunun bir tür ikili konuşma olduğunu düşündü. Onun ifadelerindeki çelişkilerin yeni bir şey olmadığını, çünkü Tanrı'ya inanan herkesin kendisiyle çelişmekten kendini alamadığını düşünüyordu. Bunun nedeni, inananların inançlarının sağlam gerçeklere değil, nesilden nesile aktarılan geleneksel kulaktan dolma ve kanıtsız inançlara dayanmasıydı. Tanrı'nın nazik ve merhametli olarak tasvir edilmesi buna bir örnektir; Tanrı hoşgörüyü öğretir ve bizi hoşgörülü olmaya teşvik eder. Yine de Tanrı'nın gazabından ve günahkârlara verdiği şiddetli cezalardan bahsedilir. Sodom ve Gomora benzetmesi buna bir örnektir. Tanrı'nın hoşgörüsü bunun neresindeydi?

Bölüm 27

Julie, rahiple konuşması sırasında onun güçlü karşıt görüşlerine rağmen incinmediğini fark etti. Mutlu görünüyordu ve onun zekice sözlerine karşı herhangi bir itirazda bulunmadı. Bu durum Julie'ye rahibin, rahip dış görünüşü dışında, kendi görüşlerinin destekçisi olacağını düşündürdü. Ancak ertesi gün, rahipteki öğle yemeğinden sonra Lizbon'a gitmek zorundaydı, dolayısıyla onu daha fazla sorgulamak istiyorsa, sadece bir günü kalmıştı, o da öğle yemeğinin olduğu gündü.

Rahip, ertesi gün öğle yemeğinde buluşacaklarını teyit ederek baba ve kıza veda etti.

Robin, rahip ve Julie arasındaki konuşmayı dinlerken, düşünceleri Julie'ninkilerle örtüştüğü için müdahale etmek için bir neden bulamadı. İlahi aşkın nihai boyutunu öğrenmek için yaptığı araştırma hakkında onunla konuştuğunda, onun bu konudaki görüşlerini öğrenmişti. Bu yüzden artık bu soru hakkında konuşmasına gerek kalmamıştı. Mevsim normallerinin dışında sıcak olan hava hakkında konuşmayı tercih etti. Ona sıcak iklimin kendisini biraz rahatsız ettiğini söyledi. Onu Porto'nun, yaz geldiğinde insanları etkileyen mevsimsel bir salgın olan suçiçeği hastalığına yakalandığı konusunda uyardı. Ancak ne baba ne de kızın endişelenmesi için bir neden yoktu çünkü her ikisi de geçmişte bu hastalığa yakalanmıştı.

Bölüm 28

Öğle yemeği günü geldi çattı. Baba ve kız yapacak daha iyi bir işleri olmadığı için sabahı sakin bir şekilde geçirdiler. Baba günün gazetelerini gözden geçirdi; Julie bir kez daha rahiple yaptığı konuşmayı düşünüyordu. Kendisini inancının verdiği cesaretle açık sözlü bir insan olarak görüyordu. Karakterindeki bu özelliğin onu rahiple dürüstçe konuşmaya ittiğini düşündü. Sonra rahiple konuşması sırasında fark ettiği iki önemli şeyi düşündü: Birincisi, rahip onunla konuşurken açık sözlülüğünden hiç hoşnutsuzluk göstermemişti; ikincisi, rahip verdiği cevapta çelişkiler hakkındaki görüşlerini hiç çürütmemişti. Rahibin sadece pasif bir cevap verdiğini hatırlıyordu: "Bunlar sorgulamamamız gereken Tanrı'nın yollarıdır." Rahibin bu bağlamdaki tavrını düşündükçe daha da şaşırıyordu. Ama rahip kendisini ona karşı haklı çıkarmak için hiçbir girişimde bulunmamıştı. Konuşmadan sonraki davranışlarına bakılırsa, bu konuda mutsuz değildi. Bu durum Julie'ye, rahibin suskunluğunun onun görüşlerine sessizce katıldığının bir göstergesi olduğunu düşündürdü. Çıkardığı tüm sonuçlar kendi zihninin durum hakkındaki görüşleriydi ve rahip fikrini açıkladığında farklı olabilirdi. Eğer karşıt görüşlerini ifade etmemişse, bu, duruşunu haklı çıkarmak için hiçbir nedeni olmadığı anlamına gelmiyordu.

Julie, "Rahibin görüşlerini desteklemek için açıklayabileceği pek çok nedeni olmalı," diye düşündü. "Tatsızlık ya da küskünlük yaratmamak için bu görüşlerini bana açıklamamaya karar vermiş olmalı." Onu açık yürekli olmaktan alıkoyan şeyin ne olduğundan emin değildi.

Bölüm 29

Rahibin öğle yemeği için yola çıkma zamanları gelmişti. Babası elindeki gazeteyi bırakmış, gezintiye hazırlanıyordu. Julie de aceleyle hazırlanıyordu. Resmi bir tören olmadığı için rahat giyinmişlerdi. Rahibin evine vardıklarında, rahip onları bekliyordu. Koridora girip yerlerini aldılar ve rahibe görünmeden onları gözetleyen bir aşçıyı fark ettiler. İlk hoşbeşten sonra ciddi bir sohbete daldılar. Ancak konuşacak daha iyi bir şey bulamayınca, sohbetleri o sıralar güncel bir konu olan Irak savaşıyla ilgili uluslararası haberlere döndü. Suriye'deki mevcut kriz de bunlardan biriydi.

Rahip, "ABD ve Rusya asla anlaşamayacak," dedi.

Julie konuşmayla ilgilenmiyordu, bu yüzden sessizce oturup dinledi. "Bir bakıma, bu kılık değiştirmiş bir lütuf değil mi?" Robin sordu.

"Neden böyle düşünüyorsun?" diye sordu rahip.

"Onların düşmanca tavırları dünyadaki güç dengesini korumaya yardımcı oluyor," diye yanıtladı Robin.

"Evet, güçlü bir rakip düşüncesi ABD'yi uzak tutuyor. Ama yine de savaş yanlısılar. Egemenliklerini hiçe sayarak küçük ülkelerin işlerine gereksiz yere karışmaları onların politikasıdır," dedi rahip.

Robin, "Güçlünün haklı olduğunu düşünüyorlar ve bunu uygulamaya koyarak tüm dünyaya göstermek istiyorlar," dedi.

"En kötüsü de birkaç yıl önce Irak'a yaptıkları müdahaleydi." Rahip onlara ABD'nin bariz eylemlerini hatırlattı. "ABD, Saddam'ı devirerek ve Irak'ta kendi çarpık ezgileriyle dans edecek yeni bir hükümet kurarak Irak petrol kuyularını kontrolü altına almaya yönelik mantıksız gizli planlarını örtbas etmek için yalanlar yaymakta ustadır. Ve Irak'a karşı savaş bunun sonucuydu. Saddam'ın elinde kimyasal silahlar olduğu gibi abartılı bir yalanı yaydılar. Dünyayı kendi hikayelerine inandırmayı başardılar. Tony Blair yönetimindeki İngiltere ABD'yi destekledi. Saddam'ın kimyasal silahları hakkında uydurma bir "dosya" sunarak İngiliz Parlamentosu'nu Saddam'ın elindeki kimyasal silahlar hikayesine akıllıca inandırdı ve saf İngiliz Parlamentosu'nun Irak'a karşı savaşa katılması için desteğini aldı.

Robin şu yanıtı verdi: "Evet, bu olay bir kez daha BM'nin ABD'yi kontrol etme konusunda ne kadar aciz bir örgüt olduğunu gösterdi. Dünyanın kendilerinden beklediği Irak savaşını engelleyemediler. Tek yapabildikleri, Hanx Blix adında BM'den bir müfettişi Irak'ta sözde kimyasal silah araması için görevlendirmek oldu. Ve o da hiçbir şey bulamadı. Hans Blix'in bulgularını kamuoyuna duyurmak için düzenlenen bir basın toplantısında, dönemin ABD başkanı Bush ve dönemin İngiltere başbakanı Tony Blair tarafından susturuldu ve bu amaçla düzenlenen basın toplantısında Hanx Blix'e medya tarafından yöneltilen soruları yanıtlamayı kurnazca üstlendi. Böylece dünyaya cevaplarını istedikleri şekilde verebildiler."

Julie babası ve rahip arasındaki konuşmayı dikkatle dinliyordu ve insan zihninin belirli durumlarda nasıl çalıştığını analiz edebiliyordu. Bu, psikolojide teknik olarak rasyonalizasyon olarak adlandırılan, kişinin kendi yanlışlarını örtbas etmek için zihninin gerekçelendirmesinin bir örneğiydi. Dürüst bir insan bile çıkmaz bir sokağa girdiğinde yalan söylemeye başvurabilir.

Öğle yemeği öncesi konuşmalarının ardından, perhiz zamanı olduğu için vejetaryen öğle yemeklerine başladılar. Hepsi yemekten çok memnun kaldı ve aşçı Nelson'a teşekkürlerini sundu.

Bölüm 30

Öğle yemeğinden sonra dinlendiler. Julie rahibe önceki günkü konuşmaları hakkında bazı sorular sormak istedi. Tanıştığı kişilerin içindeki gerçek kişiyi ortaya çıkarma konusunda esrarengiz bir yeteneği vardı. Deneyimlerinden, psikoloji çalışmalarından, tanıştığı bir kişinin içinde saklanan gerçek kişiyi ortaya çıkarabilirdi. Bunu nasıl yapabildiğine dair ipucu veren bir teori geliştirmişti. Her insanın kişiliği açık bir şekilde kendisine ve geçmişine ayna tutar. Bir kişinin neden belirli bir şekilde davrandığı, geçmişiyle güçlü bir şekilde ilişkilidir. Ve şimdiki davranışları da her zaman geçmiş deneyimlerinin bir yansımasıdır. Annesi ona evliliğinin başarısız olmasının nedenlerini itiraf ettiğinde, Julie geçmişlerinden emin olmamasına rağmen bu nedenleri babasına ve annesine eşit olarak atfettiğini hatırladı. Babası gözlemlemesi için uygun olmadığından, dikkatini annesine odakladı. Julie annesinin körü körüne inancının aşırı olduğunu ve akla hiç uygun olmadığını fark etti. Annesinden, ebeveynlerinin ayrılmasının babasının değil, yalnızca annesinin suçu olduğunu öğrenmeyi başardı. Daha fazla sorgulama annesinin soğuk olduğunu ortaya çıkardı.

Sonra, asık suratlı, suskun bir adam olduğunu düşündüğü arkadaşı Clement'i düşündü. Julie için o bir arkadaştan daha fazlasıydı, psikolojik bir meraktı. Ona bu dünyada her zaman yalnız hissettiğini itiraf etmişti. Sonra Julie onun sorununun yalnızlık değil, kendi hesaplanmış soğukluğu olduğunu keşfetti. Psikoloji bilgisi, yalnızlığı soğukluktan ayırt etmesine yardımcı oldu. Yalnızlığın tek başına olma hissi olduğunu, soğukluğun ise yalnız kalmak için hesaplı bir şekilde insanlardan kaçma eylemi olduğunu açıkladı. Arkadaşınınkinin hesaplanmış bir soğukluk olduğunu ve geçmişteki talihsiz deneyimini yansıttığını fark etti. Ve onun soğukluğuna neyin sebep olduğunu tespit etti. Bu, engelleyemediği bir şeydi ve onda "kendine acıma" olarak adlandırılabilecek bir duygu geliştirmişti. Geçmişi üzerine ne kadar çok düşünürse, diğerlerinden o kadar uzak kalmayı tercih ediyordu. Ama Julie onu doğru yola sokmayı başarmıştı.

Sonra kendi babasıyla tanıştı. Onda anormal bir şey bulamamıştı. Ancak bu vaka çalışmaları vardığı sonuçların doğru olduğunu kanıtladı. Bu, pratik deneyimlerden öğrenerek araştırmasına bir ivme kazandırdı.

Rahibin, Julie'nin anne ve babasının evliliğinin başarısız olmasından dolayı kendini suçlu hissettiğini, çünkü evliliklerini onaylama eyleminin Tanrı tarafından tercih edilmediğini söylediğini gözlemledi. Sonra da Julie'nin bu evlilikten doğmuş olmasından dolayı mutlu olduğunu söyleyerek kendisiyle çelişti. Doğal olarak rahibin onunla tartışacağını ve inancını haklı çıkaracağını düşündü. Ama rahip onun beklediği gibi yapmadı. Julie, rahibin alışılmadık suskunluğunun, sorularına rahat bir tavırla yaklaşmasının onu şimdilik durdurduğunu hissetti.

Yemekten sonra herkes dinlenirken, Julie rahibe birkaç soru daha sormaya cesaret etti. "Peder, umarım size birkaç soru daha sormam uygunsuz olmaz?" Julie, rahipten açılmak için izin almayı umarak sordu.

"Lütfen, çekinmeyin! Bana güneşin altındaki her soruyu sorabilirsin," diye cesaretlendirici bir şekilde cevap verdi rahip.

Julie, "Sizden samimi bir katılım beklerdim," diye öneride bulundu.

"Konu ne olursa olsun konuşmalarımda her zaman samimiyimdir. Bazı insanlar prestijleri söz konusu olduğunda bazı şeyleri gizlerler. Ama benim tarzım bu değil. Gerçeği bulma görevini kabul edenlerle gerçeğe bağlı kalmayı severim," diye yanıtladı rahip.

"Sizi rahiplik mesleğini seçmeye iten neydi?" Julie sordu.

Rahip bir süre dalgın bir ruh hali içindeydi. Julie onu dikkatle izledi. Sonra cevabını verdi: "Benim bir yetim olduğumu bilmiyor olabilirsiniz. Aile geçmişim fakirdi. Babam düzenli bir işi ve geliri olmayan bir ayyaştı. Annem başkalarının mutfak işlerine yardım ederek evi geçindirirdi. Ailemin tek sorunu bendim. Parlak bir öğrenciydim. Ancak ailem eğitimimi destekleyemediği için beni bir manastıra göndermeyi düşündüler, çünkü manastır yetkilileri benim gibi erkek çocukların eğitimini, onları rahip yapmak amacıyla finanse ediyorlardı. Böylece ben de diğer çocuklar gibi onlara bağlandım. Bana iyi bir eğitim verdiler. İlahiyat alanında doktora yaptım. Eğitimim bittiğinde rahip olarak takdis törenim gerçekleşti. Böylece rahip ve teoloji profesörü oldum" dedi.

Julie rahibin geçmişiyle ilgili anlattıklarının inandırıcı olduğunu düşündü. Ancak rahibin, kendisinin rahip olmaya olan ilgisinden hiç bahsetmediğini fark etti. Bu ihmalin onun tarafından kasıtlı bir bastırma olmadığından emindi.

"Yani anladığım kadarıyla bu mesleği kendi isteğinizle değil, dış koşulların baskısıyla seçmişsiniz." Julie'nin sorusu hesaplanmış bir soruydu.

"Meslek seçme meselesine gelince, fırsatları olan insanlar gibi hangi yönde ilerleyeceğimi seçme konusunda hiçbir zaman yol ayrımında olmadım. Hayatta kalmak için manastıra katılmaktan başka seçeneğim yoktu. Rahipliği seçmem, boğulmadan önce önümde gördüğüm ilk ve son saman çöpüne tutunmam gibiydi," diye yanıtladı rahip.

"Ama koşulların zorlamasıyla rahipliği seçmiş olmanıza rağmen, şu anda rahiplik mesleğinizi nasıl icra ediyorsunuz?" Julie sordu.

"Bir rahip olarak iyi performans gösteriyorum. Manastırdaki eğitim bana dini ayinleri nasıl yapacağımı öğretti. Sonra İlahiyat Doktoram beni profesör yaptı, bu yüzden bir rahip ve bir ilahiyat profesörü olarak başarılı olduğumu hissediyorum" diye yanıtladı.

"Rahip olmanın sizi diğer tüm mesleklerden üstün kılan özel bir yanı olduğunu düşünüyor musunuz?" Julie sordu.

"Bir rahip olarak inananlardan saygı görüyorum. Onların dini ihtiyaçlarını yerine getirmemi çok istiyorlar" diye yanıtladı rahip.

"Rahiplik mesleğinizle ilgili herhangi bir kişisel uygulamanız var mı?" Julie sanki onu köşeye sıkıştırıyormuş gibi sordu.

"Sizi anlamıyorum. Lütfen açıklayın," diye önerdi rahip.

Julie düşünceliydi. Şimdiye kadar rahipten gerçekten istediğini alamamıştı; bu yüzden aşağıdaki açıklamayı yaptı: "Eğer rahiplik mesleğine kişisel olarak başvuruyorsanız, tüm dini kavramlara tam olarak inanıyor olmanız gerekir, değil mi?" Julie sordu.

Rahip, "Ama Tanrı'ya ve çeşitli dini kavramlara inanmayan biri de olabilirsiniz ve yine de dini ayinlerinizi profesyonel bir şekilde yürütme konusunda iyi bir rahip olabilirsiniz," diye açıkladı. "Benzer şekilde iyi bir profesör de olabilirsiniz."

Bu cevap Julie için birden fazla açıdan önemliydi. Rahiple ilgili tahminlerinin doğru çıktığını gördükçe kendini mutlu hissediyordu. İnsan zihni ve işleyişi hakkındaki bulguları şimdiye kadar doğru çıkmıştı. Şimdi, cevapları araştırması için önemli olan bir kişiyi sorguladığını biliyordu.

"Yani bir rahibin görevlerini iyi bir şekilde yerine getirebilmesi için Tanrı'ya ve dini kavramlara inanması gerekmediğini mi söylüyorsunuz? Ve bir teologun öğrencilerine öğrettiği şeylere inanması gerekmediğini mi söylüyorsunuz?" Julie sordu.

"İyi bir ilahiyatçı olmak için ön koşulların şunlar olduğunu düşünüyorum: dini ayinler hakkında bilgi sahibi olmak; sosyal açıdan nazik bir mizaca sahip olmak; daha sonra Pazar günleri vaazlar ya da inananların Tanrı'nın iyi davranış emirlerini duyarak zihinlerini arındırmak için geldikleri dini toplantılar gibi dini konuşmalar söz konusu olduğunda etkili olmak; daha sonra alçakgönüllülük, nezaket ve sözde ve eylemde dindar bir davranış inananlardan büyük saygı görür. İlahiyat alanında profesör olabilmek için yalnızca bu konuda yeterli bilgiye sahip olmak gerekir. İlahiyat diğer entelektüel araştırma konuları gibidir," dedi rahip. "Tüm bunlar, inançsız bir kişinin arkasına saklanabileceği maskelerdir, aynı zamanda kendisini sadık bir inançlı, Tanrı ve Ruh gibi dini kavramlara inanan, Tanrı'nın vaaz ettiklerine inanan başarılı bir rahip olarak gösterebilir. Bu başarı bir uydurmadır, çünkü itiraf olmazsa kimse bilmez. Bu yüzden numara yapmak kolaylıkla mümkündür. Ama inananlar "her parıldayanın altın olmadığını" asla tahmin edemezler.

Rahip sözlerine şöyle devam etti: "Bir insan kendi isteğiyle rahip olabilir. Ama bu onun gerçek bir rahip olarak kalacağının güvencesi değildir. Olabilir. Ancak yaşamının daha sonraki bir aşamasında görüşlerini değiştirme şansı da eşittir. Bu gibi durumlarda, bazıları rahiplikten ayrılmayı tercih edebilirken, bazıları Tanrı'ya ve Ruh'a olan inançlarını kaybetmiş olsalar bile devam edebilirler. Onlar için kalmanın nedeni damgalanma korkusudur. Ancak rahipliği kendi iradeleriyle üstlenenler, sanki kendi kendilerine ettikleri bir yeminmiş gibi, ölene kadar inançlarına bağlı kalabilirler. Onlar gerçek anlamda rahiptirler. Ama kaç tanesi son kategoriye giriyor?" diye itiraf etti rahip.

Julie rahibi sessizce dinledi. Ama rahip sözlerini bitirdiğinde, Julie sorusuna hiçbir yanıt bulamadı. "Peder, söylediklerinizin hepsi insan zihninin nasıl çalıştığına dair bir genelleme. Ama benim sizden istediğim noktaya bir yanıt vermediniz" dedi Julie.

Rahip, "Eğer istediğiniz kadar açık konuşamadıysam, lütfen benden açıklamamı isteyin," dedi.

"Bana rahipliği tercih eden farklı kategorilerdeki insanlardan bahsettiniz. Peki siz hangi kategoriye aitsiniz?" diye sordu Julie.

"İçinde bulunduğum ve beni rahipliği seçmeye zorlayan koşullar sayesinde hangi kategoriye ait olduğumu söylemeye gerek yok. Bu yüzden size ayrıntılı bir açıklama yaptım," diye yanıtladı rahip.

Julie sorusunun, rahibin bu kadar kısa cevap vermesine neden olacak kadar küstahça olduğunu düşündü. Satır aralarını okuyamadığı için pişmanlık duydu. Bu onun adına bir anlık bir hataydı. Bu yüzden doğrudan bir soru sormaya çekindi ama rahibin gerçekten ne söylediğini teyit etmek istediği için sormadan da edemedi.

"Peder, söyledikleriniz doğru. Kendi sonuçlarımı kendim çıkarmalıydım. Ama bir şey var: Doğrudan doğruya at ağzından teyit almak varken neden kendi sonuçlarımı tehlikeye atayım? Ben gerçeği istiyorum. Dolayısıyla size kendi görüşleriniz hakkında doğrudan bir soru sormak istememiştim. Ancak vardığım sonuçlardan emin olmam gerektiği konusunda çok titizim. Bu yüzden lütfen sondaj soruları sorarsam utanmayın," diye özür diledi Julie.

Rahip aslında Julie'nin kendi sonuçlarını çıkarmasını istiyordu ve ne kadar doğru yaptığını test etmek istiyordu. "Siz bir araştırmacısınız. Araştırmacılar gerçeği doğrudan at ağzından değil, mevcut tüm bilgilerden kanıtlar çıkararak bulurlar" diye karşılık verdi.

Julie'nin rahibin cevabına karşı koyacak bir mantığı yoktu. Bir süre düşündü. Sonra, "Peder, güdülerle ilgili analizinizden çıkardığım sonuç, sizin rahipliği kabul eden ilk kategoriden olduğunuzdu," diye öneride bulundu.

"Haklısınız!" diye yanıtladı rahip.

Bu cevap Julie'yi mutlu etti, çünkü onun gerçek kişiliği hakkındaki tüm şüpheleri haklı çıkmıştı. Ama yine de aklında bir şüphe kalmıştı: Julie, sanki rahipten bir açıklama bekliyormuş gibi, "Daha önceki konuşmamızda size işaret ettiğim çelişkilerinizin nedenlerini bulamıyorum," dedi.

Rahip onun ne demek istediğini anladı ve bir açıklama getirdi. "İnananların Tanrı'nın lütfu hakkında nasıl konuştuklarını gözlemlediniz mi? İyi bir şey olduğunda, "Bu Tanrı'nın lütfu sayesinde oldu" derler. Kötü bir şey olduğunda ise, "Bu kötü deneyim Tanrı'nın lütfuyla gerçekleşmiş olamaz" derler. Tanrı ve maneviyatla ilgili her şey inanç ve bağlamsal açıklamalara dayalıdır ve bu nedenle çelişkiler yaygındır. Demek istediğim, dini açıklamalar söz konusu olduğunda, bir bağlamda yapılan bir açıklamanın başka bir bağlama uymayacağıdır. Tüm durumlar için geçerli tek tip bir açıklama yoktur, çünkü dini kavramlar inananların yorumlarıyla açıklanır. Bu nedenle inananlar dini kavramlar hakkında uzun uzadıya ve durmaksızın konuşurlar. Belki de sonsuz yorumlara konu olan tek kitap İncil'dir, özellikle de İnciller. İlahiyatçıların gelişmesi için yeterince malzeme sağlarlar. Pek çok insan tanrısı doğururlar. Belirli bir kavram, olay ya da deneyimle ilgili yorum ve açıklamalar çoğu zaman birbiriyle çelişebilir. Bu yüzden açıklamalarımda kolayca çelişkiler bulabilirsiniz," diye detaylandırdı.

"Şimdi, bana ilahi aşkın nihai noktasının ne olduğunu söyleyebilir misiniz?" Julie, araştırmasının ana konusu olan bu yalın soruyu sordu. Soruşturmasını babası ve rahiple birlikte tamamlamak istiyordu.

"Aşkın her türlüsünün iki parçası vardır," diye yanıtladı rahip; "zihinsel ve fiziksel. Ancak bu ikisi birleştiğinde tam bir aşktan söz edilebilir."

Julie hem babasının hem de rahibin görüşlerinin aynı olduğunu fark etti. Rahip ve babasıyla yaptığı görüşmenin araştırması için çok önemli olduğu ortaya çıktı. Artık babası ve rahiple yaptığı deneyleri başarıyla tamamlamıştı. Artık annesinin yanına dönme vakti gelmişti. Babasına veda ederek, onun ve rahibin görevinin başarısı için verdiği dualarla annesinin yanına döndü. Eve ulaştığında bir ay boyunca annesinin yanında kaldı.

Bölüm 31

Sonra bir gün, annesinin izniyle Julie, aydınlanmak için onunla buluşmak üzere Ozan'ın inzivaya çekildiği Himalayalar'ın eteklerine doğru yola çıktı. Bir haftalık yolculuk onu Himalayalar'ın eteklerine götürdü. Yakınlarda küçük kulübelerinde yaşayan kabile halkı tarafından karşılandı. İlk başta ziyaretinin amacı konusunda şüpheliydiler. Kabile halkı Ozan'ı ziyarete gelenlere böyle bakıyordu.

"Sen de kimsin?" Kabile reisi Palan ona kuşkulu gözlerle bakarak sordu.

"Ben Lizbon'dan Julie. Ben bir psikoloğum ve Ozan'ı ve süper güçlerini duydum.

Şu anda çalışıyorum ve bu konuda tartışmak için Ozan'la buluşmak istiyorum," dedi Julie.

Etraftaki kabile halkı, aydınlanmak için Ozan'la buluşmaya gelen birçok insan görmüştü. Ancak ziyaret amaçlarının gerçek olup olmadığını öğrendikten sonra Ozan'la görüşmelerine izin verirlerdi. Palan şimdi onu Ozan'a götürdü ve onları baş başa bıraktı.

İlk hoşbeşten sonra Ozan şöyle dedi: "Ziyaretinizin amacını bana söylediniz. Bana gelenlerin hepsi uhrevi meselelerle ilgilenir ve siz de bir istisna değilsiniz. Bu tür konular normalde karmaşık ve anlaşılması zordur. Ama ben sizin için işleri basitleştireceğim. Buraya gelmek için çektiğiniz zahmetten sonra, bundan faydalanmanızı istiyorum."

"Teşekkür ederim, bu yüzden zahmete girdim," diye cevap verdi Julie.

"Bilgi yüksek bir rezervuarda depolanan su gibidir. Depo açıldığında, doğal olarak ona ne olur?" diye sordu Ozan.

"Aşağı düzlüklere doğru akar," diye yanıtladı Julie.

"Haklısın. Peki cevabınızdan ne çıkarabilirsiniz?" diye tekrar sordu Ozan.

Julie ondan başka bir soru beklemiyordu. Biraz kafası karışmış ve utanmıştı. Ne pahasına olursa olsun yanlış bir cevap vermemesi gerektiğini fark etti.

"Sanırım sorunuz bir şeyi simgeliyor," dedi Julie. "Evet, haklısın. Bu benim yolum," diye yanıtladı Ozan.

"Seninle ve sana aydınlanmak için gelenlerle ilgili bir şey olabilir," dedi Julie, bu da Ozan'a doğru cevaba yaklaştığını hissettirdi.

"Haklısın. Peki ya sonra?" diye tekrar sordu Ozan.

Bu Julie'ye güven verdi ve doğru cevaba doğru ilerlediğine dair bir ipucu verdi. "Siz rezervuarı temsil ediyorsunuz ve aydınlanmak için size gelenler de suyun her zaman aktığı alt ovaları temsil ediyor," diye yanıtladı Julie.

"Haklısın!" diye cevap verdi Ozan tekrar, yüzünde bir gülümseme vardı. Devam etti, "Şüpheleriniz hakkında bazı dersler vereceğim. Ama bu aramızda bir tür etkileşim olacak. Bitirdiğimde, ne aradığınızı ve sorununuzu nasıl çözebileceğimi net bir şekilde anlayacaksınız. Bana çeşitli sorunlarla yaklaşan herkes için durum böyledir. Aydınlanma dolu kalplerle ayrılıyorlar. Bana inanın, aydınlanmak için bana yaklaşan hiç kimseyi hayal kırıklığına uğratmadım. Sizi de hayal kırıklığına uğratmayacağım," diye açıkladı Ozan.

Julie, Ozan'ın evinin yakınındaki derme çatma bir kulübede kalıyordu. Etrafta yaşayan ve Ozan'a büyük saygı duyan kabile halkı ona yabani kök ve meyvelerden oluşan yiyecekler getiriyordu.

Ozanla ilk gerçek buluşması bir tanışma niteliğindeydi. Julie'nin görevi hakkında önemli hiçbir şey konuşulmadı; ya da Julie öyle düşündü, ama Ozan için öyle değildi. İlk ders onun için çok stratejik ve önemliydi. Aydınlanma arayışında olanların kişilikleri hakkında derinlemesine bilgi edinmek için bir testti. Bu test olmadan Ozan öğretilerinde ilerleyemezdi. Müşterileri hakkındaki bu tür bilgiler, onların zihinlerinde kafa karışıklıkları ve yanılsamalar yaratma işini kolaylaştırıyordu. Kendi üstün iradesine karşı ne kadar savunmasız olduklarını bu şekilde test ediyordu. Stratejisi, kafası karışmış bir zihnin her zaman itaatkâr olmasıydı. İlk dersinin sonunda, onların zihinlerini çok iyi değerlendirebiliyordu. Zihinlerinde karışıklıklar ve yanılsamalar yarattığında, hepsi ona boyun eğecekti. Ve dersin sonuna kadar da öyle olmaya devam ettiler. Oradan ayrıldıklarında hepsi mutlu ve hoşnuttu. Bütün bunların farkında olmayan Julie de ilk dersinden sonra bu ruh hali içindeydi.

İkinci ders daha bireysel bir hal aldı. "İlahi ya da dünyevi aşk, onun başlangıcı, seyri ve sonu hakkında aydınlanmak için buradayım. Siz bunu nasıl tanımlayacaksınız?" Julie ilk sorusunu Ozan'ı sorusu hakkında ciddi bir tartışma başlatmaya itme hevesiyle sordu.

"Aşk tanımlanamaz," dedi Ozan. "O bir deneyimdir, bir histir, içinizde olan bir duygudur. Bu sizin kendi unsurunuzdur. Sizin tipik bir parçanızdır. Aşkı tanımlamak için kendinizi tanımlamanız gerekir."

"Kendi elementim mi?" Julie sordu.

Ozan bir an için düşüncelerine dalmış gibiydi. "Evet, aşk kişinin kendi elementi olarak tanımlanabilir," dedi ona bakarak. Ozan bunu söylerken sakin ve soğukkanlıydı. Uzun meditasyonlar onu bilge yapmıştı.

"Bana aşk ve ilahi aşk arasındaki ilişkiyi ve bunların insan zihni üzerindeki etkilerini anlat," diye sordu Julie.

"Aşkın her türlüsü ilahidir," dedi Ozan. "Zihni mutlu eder, ona karşılıklı aidiyet duygusu aşılar, ruhların bir olarak birleşmesi duygusunu ateşleyerek bir birliktelik hissi verir. Kişiyi dünya ile barışık kılar. Tanrı sevgiyi çeşitli biçimleriyle tanrısallıktan yayılan bir şey olarak görebilir, çünkü Tanrı her türlü sevginin kaynağıdır. Tanrı'nın yarattıkları, O'nun yarattıklarına olan sevgisinden doğar. Sevgi ve yaratıcılık Tanrı'nın iki kutsal kavramıdır. Birbirlerini teyit ederler. Birinin varlığı her zaman diğerinin de varlığı anlamına gelir. Bu Tanrı'nın bir parçasıdır. Bu, Tanrı'nın insan ırkını sürdürmek için bize gösterdiği yoldur."

Ozan'ın kendisi öylesine güçlü bir kişiliğe sahipti ki, Tanrı'nın sevgisi konusunda aydınlanmak için ona yönelenler tarafından bir din adamı statüsü atfedildi ve doğal olarak ona "İlahi Olan" diye hitap ettiler.

"İlahi aşk nasıl tamamlanabilir?" Julie sordu.

Ozan, "İlahi aşk bir duygudur, ancak ilahi aşkı tamamlamak için yaşanması gerekir," dedi.

Bu cevap Julie'yi mutlu etti. "Ama Tanrı'nın aşkı tamamlanmış değil mi?" diye sordu.

"Evet, o yaratıcılığını dürtüsüne göre yapıyordu. Bu onun için bir çılgınlıktı, kaçamadığı bir yaratma dürtüsüydü. Böylece insanlığı ve tüm evreni yarattı. Tanrı, ilahi aşkın başarısını bu şekilde deneyimledi," diye yanıtladı Ozan.

Sonra Ozan sanki bir şey düşünüyormuş gibi sessizliğe gömüldü. Julie beklerken ona dikkatle baktı. Sonra, sanki konuşmalarında ilerlemenin bir yolunu bulmuş gibi, Julie'ye şöyle dedi: "Şimdi, ruhani ve dünyevi düşünceleriniz arasında gidip gelen tedirgin bir zihne sahip olduğunuz için, zihninizi sabit ve alıcı hale getirmek için bir transa sokmam gerekiyor. Aydınlanma için bana gelenlerin zihinlerine bu şekilde davranıyorum."

Julie kabul ettiğinde rahatlamıştı. Aydınlanmak için kendisine yaklaşan herkes üzerinde açık bir şekilde başarılı olduğunu biliyordu. Böylece ona tanrısallık kavramının inceliklerini anlatmaya başladı. Annesinin, sevginin Tanrı'dan kaynaklandığı şeklindeki yorumundan yola çıkarak, Tanrı'nın insanlığı yarattığına ve bize farklı duygular bahşettiğine inanmadan edemiyordu. Ancak duygular ancak kendilerine özgü yollarla gerçekleştirilebildiklerinde tatmin oluyorlardı. Julie'nin teorisi buydu. Görüşünü Ozan'a ifade etti ve onun yanıtını bekledi.

"Her duygunun başarısı için, nihai noktası için farklı bir yolu vardır. Kederli bir insan kederini haykırır. Öfkeli bir insan öfkesini haykırabilir ya da fiziksel saldırıya geçebilir. Mutlu bir insan kahkahalarla gülebilir. Sevinç içindeki bir başarılı, çeşitli fiziksel ifadelerle başarısından övünebilir. Tüm bunlar farklı duyguları sergilemenin farklı yollarıdır. Tüm bu duygusal durumları dikkatle gözlemleyerek, bunlara karşılık gelen fiziksel aktivitelerdeki başarılarını izleyebiliriz. Herhangi bir duygunun fiziksel yönü onun başarısıdır: ağlama, öfkeli haykırışlar, fiziksel saldırı vb."

Ozan'ın açıklamasını dinleyen Julie, Ozan'ın görüşü ile kendi ilahi aşk başarısı kavramının örtüşmesinden dolayı mutlu ve coşkuluydu. Ancak Julie, Ozan'ın olayları gelişigüzel ele alma ve bazen konudan uzaklaşma eğiliminde olduğunu fark etti. Bu yüzden görüşlerinin uyuştuğunu teyit etmek ve Ozan'ın konudan uzaklaşmasını engellemek istedi.

Bu yüzden sivri bir soru sordu: "Aşk duygusunun nihai anlamı nedir? İlahi, uhrevi ya da diğer türlerini kastediyorum."

Ozan ilk kez bu kadar doğrudan bir soruyla karşılaşıyordu ve cevap vermek zorundaydı. "Ona geliyorum. Bunu özellikle aradığınız için size üstünkörü bir açıklama yapamam," dedi.

"Evet, ben de sizden üstünkörü bir yanıt peşinde değilim," diye yanıtladı Julie.

"Bunu biliyorum. Bunun tamamen farkındayım. Bastırılamaz bir susuzlukla titreşen zihninizi okuyabiliyorum. Hayati bir soru, onun incelikleri, bulgular için her an iştahınızı kabartan araştırıcı, algılayıcı zihniniz üzerindeki etkisi üzerine kafa yorduğunuzu biliyorum," diye yanıtladı Ozan.

"Evet, değerlendirmeniz doğru. Ben her zaman böyleyimdir, nüfuz edici bir zihinle kutsanmışımdır. Öğrenene kadar rahat edemem. Bu benim zihnimin doğası, bilinmeyeni araştırmak için kendime özgü bir yol," diye kabul etti Julie.

Ozan, onun amacına ulaşmak için yorulmak bilmez bir istek ve ısrar içinde olduğunu fark etti. Ama sarsılmamıştı. Önemli sorularına yanıt bularak onun zihnini rahatlatabileceğinden emindi. Bir zamanlar ekmek kapısı olan felsefeyi bıraktıktan sonra, işini bir kenara bırakıp başka hiç kimsenin cesaret edemeyeceği bir rahatlıkla söz, şiir ve psikoloji konularına sarılacak kadar cesurdu. Hareketi kendi güvenini, kendine güvenini ve olağanüstü bir ustalığı sergiliyordu.

"Meraklı zihninizi bir gün rahatlatacağım. Nihai cevap için bana geldiğini biliyorum," diye yanıtladı Ozan.

"Gecikmenin beynimi yorduğunu hissediyorum," dedi Julie biraz endişeli bir sesle.

"Hayır, beynini zorlamana gerek yok, ama duyularını keskinleştir. O zaman doğa şüphelerine ve sorularına cevap verecektir," diye yanıtladı Ozan sakin bir bilgelikle.

Günler geçtikçe, Julie'nin arayışının nihai cevabına ulaşma arzusu yoğunlaştı. Ozan'ın cevabı mümkün olduğunca geciktirerek onu uzak tuttuğunu hissediyordu. Hisleri doğruydu. Mümkün olduğunca uzun süre ona eşlik etmek istiyordu. Genelde Ozan kendisine gelenlerle işlerini çabucak bitirmek isterdi. Ama Julie söz konusu olduğunda, ona özel bir yakınlık duyduğunu hissettiğinden, bunu uzatmak istedi.

Julie'nin aklı sorularının cevabını öğrenme arzusuyla doluydu ama Ozan'ı zorlayamayacağını da biliyordu. Böyle bir hareketinin onu rahatsız edeceğinden endişe ediyordu. Her gece rüyasında Ozan'ı görüyordu. Zihni, Ozan'ın başrolü oynadığı pek çok dramın sahnesiydi. Bir keresinde, genellikle safran rengi sade giysiler içinde olan Ozan'ın, şık giysiler içinde göründüğü ve ona aşkın ne olduğunu, uhrevi ilahi aşkın ne olduğunu öğretmeye başladığı bir rüya gördü. Ancak Ozan, sorularının yanıtlarını açıklamadan önce ortadan kaybolmuş.

"Sorularıma ne zaman cevap vereceksin?" Julie sonunda Ozan'a sordu.

"Henüz bunun zamanı değil," diye yanıtladı Ozan.

"O zaman uygun zamanın gelmesi ne kadar sürer?" diye tekrar sordu.

"Ne kadar sürerse," diye yanıtladı Ozan.

Julie, Ozan'ın cevabının "Henüz bunun zamanı değil" ile aynı olduğunu biliyordu.

"Söyle bana, aşk ve şehvet arasındaki fark nedir?" diye sordu. Sorusu önemli bir soruydu. Aslında Ozan'ı soruyu pasif bir şekilde cevaplamaya zorlamak istiyordu, çünkü onun cevabının nihai sorusunun cevabı olacağını biliyordu.

"Aşk son derece yanlış anlaşılan bir kavramdır. İnsanlar aşktan bahsettiklerinde, onun ruhani, platonik yönünden bahsederler; onun bir duygu, bir his olduğunu söylerler. Bu aşkın tam tanımı değil, ama bir başlangıç ve bir seyir.

Başarısına, doruk noktasına, nihai olduğuna dair hiçbir ipucu yoktur. Ancak aşkın diğer yönünün önemi de buradadır: aşkın bu iki yönünün birleşerek doruğa ulaşması, başarıya ulaşması. Aşık olmak şehveti dışlamaz. Aşk bir duygudur ve şehvet de onun deneyimidir. Aşk duygunun ilkel kısmıdır, şehvet ise onun tamamlanmasıdır," diye açıklıyor Ozan.

"Dolayısıyla aşk ve onun bedensel sonu olan şehvet arasında ayırıcı bir duvar yoktur. Şehvet, aşkın otomatik, mistik bir geçişten geçerek tamamlandığı son aşamadır. Bu geçiş olağanüstü, ezoterik bir geçiştir," diye özetledi Julie, Bard'ın açıklamalarını takip ettiğini umarak.

Onun yanıtı, en önemli sorusuna uzun zamandır beklediği cevaptı. İlahi aşkın nihai haline dair tüm kavramlarının tam da Ozan'ın ona açıkladığı şeyler olduğunu fark ettiğinde Julie büyük bir şaşkınlık yaşadı. Ozanın öğretileri onda bir aydınlanmanın uyanışıydı, çünkü içsel zihni mistisizmdeki gerçekliği tanımlayabileceği ve nihayet nihai soruların cevaplarını bulabileceği daha yüksek bir aleme aktive edilmişti. Ozanla buluşması araştırması için bir başarıya dönüşmüştü. Ama bu aynı zamanda Ozan'ın hesaplanmış stratejisindeki başarısıydı, onun nihai başarısıydı.

Julie transa geçtiğinin hiç farkında değildi. Bu, Ozan'ın onu tamamen kontrolü altına alma stratejisinin bir sonucuydu. Gözlerini Ozan'ın yüzünden ayıramadan ona bakıyordu. Ozan ondaki değişiklikleri izledi. Onun yavaş yavaş bir tür hayali transa geçtiğini ve bağımsız düşünme yetisini kaybettiğini biliyordu. Bu durumda, nihai sorular üzerine yaptığı araştırmalar ve mantıklı düşünme yetisi tamamen gölgede kalıyordu. Zihni Ozan tarafından yönlendirilen garip, alışılmadık bir yolda ilerlemeye başladı. O zamana kadar Ozan onun için mistik bir kişiliğe dönüşmüştü. Bu Ozan'ın stratejisi ve başarısıydı. Aydınlanmak için kendisine gelenleri bu şekilde itaatkâr hale getiriyordu. Julie, Ozan'ın yüzünde zorlayıcı garip bir aydınlanma parıltısı gördü. Bu onu onun tüm ihtişamıyla evrenin tam bir görüntüsü olduğuna inandırdı, sanki tüm ihtişamını ve parlaklığını ruhunda özümsemişti, yüzündeki parıltı hepsinin yansımasıydı. Bu Julie için garip, hassas, mistik bir deneyimdi. Ozan'ın her zamanki buyurgan suskunluğunun, sevgi dolu bir kalbin akıl almaz ağırbaşlılığına büründüğünü hissetti. Ve Julie'nin genellikle sorgulayan zihni de buna uygun olarak itaatkâr bir zihne dönüşmüştü. Tamamen inanır hale gelmişti. Julie şaşkınlık ve şok içinde tüm bu değişiklikleri fark etti. Ancak Ozan, gerçekte olanların Julie'nin zihninde meydana gelen ve nihai gücü tarafından yaratılan değişikliklerin sonucu olduğunu biliyordu.

İşte tam bu noktada Ozan şöyle dedi: "Aşkın tüm farklı biçimleri mistiktir. İlahi aşk onun çeşitli biçimlerinden yalnızca biridir. İlahi aşk Tanrısaldır. Ancak genel olarak aşk kavramında ortak olan tüm faktörlere ihtiyaç duyar. Peki bu neyi gösteriyor?" diye sordu.

"Görünüşe göre Tanrı evreni yarattığında, sevginin ruhani olandan fiziksel olana bir geçişi vardı," diye tereddütle cevap verdi Julie, cehaleti içinde el yordamıyla öğrenmeye çalışıyordu.

"Hayır. O kadar basit değil. Cevabınız inanılmaz derecede aptalca. Soruma bu şekilde cevap vermemeliydiniz. Göründüğünden daha derin bir anlamı var. Cevabınız sığ. Çok sığ. "Görünüşe göre sevginin ruhani olandan fiziksel olana geçişi söz konusuydu" dediğinizde, geçiş sürecindeki hayati bir halkayı gözden kaçırdınız. Peki neydi o? Sen bunu bir düşün," dedi Ozan.

Julie bir ikilem içindeydi. Hafızasını boşuna yokladı. Ozan onu izliyordu, bu da kafasının daha da karışmasına neden oluyordu, çünkü kafasının karıştığını gösterecek bir cevap vermek istemiyordu.

Onun kafa karışıklığını hisseden Ozan, zaman kaybetmek yerine, onu ileriye götürecek bir ipucu buldu: "Daha önceki bir olayda kayıp halka hakkında benden açıklama istemiştin. Şimdi bunu bir düşün," diye önerdi Ozan.

Julie elinden gelenin en iyisini yapmaya çalıştı ama cevabı bulmak zordu. Ona anlaşılması zor görünüyordu. Bu yüzden Ozan'dan cevap vermesini istedi ve o da devraldı.

"İlahi aşkın ya da herhangi bir aşk türünün bir başlangıcı, sonra seyri, anlamı, süresi ve sonra da sonu olmalıdır. Sondan önceki aşamalar, onun gerçekleşmesi için hayati itici güç olan zihinsel yönleridir. Aşkın maddileşme noktası şehvettir. Şehvet aşkın değişmiş halidir. Üreme dürtüsüdür. Bu son noktadır. Aşk şehvetle olgunlaşır. Ve bu başarınının noktasıdır. Şehvet, yaratıcılığın anlaşılmaz, zorlayıcı, yakın mistik aşamasıdır. Duygulardan deneyime mistik bir geçiştir. Onlar bir ve aynıdır. Bu her tür aşk için aynıdır. İlahi aşk da bir istisna değildir. Tanrı'nın sevgisi yaratma arzusuyla doruğa ulaşmıştır. Bu aşamaya ulaşamayan herhangi bir aşk, başaramayan bir aşktır," diye açıkladı Ozan.

Ozan bunları söyledikten sonra elleri kızın başına dokundu ve hafifçe okşadı. Yüzüne dokundu ve işaret parmağıyla bazı çizgiler çizdi. Yazdıklarının az önce ona açıkladığı şey olduğunu söyledi: Tanrı'nın yaratıcılığının ardındaki sır.

A O anda Ozan'ın aziz bir görünüşü olduğunu hissetti. Bu, trans halindeyken içinde bulunduğu yanılsamanın bir sonucuydu; tüm mantıksal düşüncelerini ve psikolojik bilgeliğini unutmuş gibiydi, bunların yerini garip bir şekilde sadece annesinin ilahi düşünceleri almıştı. Trans halindeyken hatırlayabildiği tek şey, ilahi aşkın başarısını bulmak için bir görevde olduğuydu. Ozan'ın yüzündeki parıltı daha da arttı. Annesinin ona Meryem Ana'nın ruhunun ana rahmine düştüğü andan itibaren İlk Günah'tan arınmış olduğunu ifade eden Lekesiz Doğum'a dair Hıristiyan inancını öğrettiğini hatırladı. Julie şimdi Aziz Meryem'i İlk Günah'tan kurtaran aynı kutsama, kutsama eylemini deneyimlediğini hissediyordu. Trans halinde olmaya devam ediyordu ve gerçekçi düşünemiyordu. Yeni bir kimlikle farklı bir dünyada uçan bir uçurtma gibi hareket ediyordu. Kendisinin ve atalarının tüm günahlarını temizleyecek olan aynı durumu yeniden yaşadığını hissediyordu. Annesinin bir zamanlar rüyasında Tanrı'yla yaşadığı deneyim hakkında söylediklerini hatırladı.

"Ve sonunda bana dokundu ve tüm bedenimi okşadı ve ben farklıydım. Aynı değildim. Beklemediğim bir heyecan hissettim ve sonra rahatladım." Annesi bunu daha önce söylediğinde Julie araştırmasının henüz ilk aşamasındaydı. Şimdi annesinin söylediklerinin kendi nihai sorusunun da cevabı olduğunu fark etti.

Julie'nin daha fazla soru sormasına gerek yoktu. Ozanın ona şimdiye kadar tüm hayatı boyunca aradığı şeyin ön derslerini verdiğini anlamıştı. Ozan'ın giriş dersindeki sözlerini hatırladı: "Eğer sana söylediklerimi ya da yaptıklarımı anlamıyorsan, sadece sessiz kal. Beni sorgulamak Tanrı'yı inkâr etmektir." Hayali durumunda sessiz kaldı. Ama Ozan'ın ona son dersleri de öğrettiğini hissetti: ruhani sevgiyi bir deneyime, bir gerçekliğe, onun başarısına nasıl dönüştüreceğini. Vücudunun her yerinde bir titreşim hissetti, ama yine de sessiz kaldı, Ozan'ın sözlerini dinledi ve sonunda ona Tanrı'nın ilahi sevgisinin nihai noktasını açıkladığına inandı!

Kendini çok mutlu ve yükseklerde hissediyordu! Ozan sözlerini bitirdiğinde, kendini hoşnut ve rahatlamış hissetti. Ozan'ın zihinsel durumu, altı günlük yaratıcı çalışmalarının ardından Şabat gününde Tanrı'nın zihinsel durumuydu. Julie, Ozan'ın sorusuna verdiği cevabı hatırladı: "Aşk ilkel bir duygudur ve şehvet onun tamamlanmasıdır." Ozanın sonunda ona Tanrı'nın aşkının annesinin ona öğrettiği gibi cisimsiz bir şey olmadığını, nihayetinde cisimsizden cisme geçiş, ilahi aşktan ilahi şehvete geçiş olduğunu öğrettiğini biliyordu!

Yazar Hakkında

Baby Kattackal

Yazar Baby Kattackal (takma adı), The Mother Of All Battles, A Dream Come True and the Untold Sory adlı üç kısa öykü ve The Moments adlı bir şiir yazmıştır - hepsi de Delhi'de yayınlanan Women's Age'de yayınlanmıştır. Delhi'deki Iindian Periodical'da yayınlanan 23 şiir yazmıştır. New Indian Express gazetesine zaman zaman yayınlanan pek çok orta yazı ve mektupla katkıda bulunmuştur. New Indian Express, bir süre önce onun hakkında fotoğrafıyla birlikte "Tanrı ve İnsan Arzuları Hakkında Her Şey" başlıklı bir yazı yayınlamıştır. Ayrıca bir şarkıcı, yağlı boya manzara ressamı ve güzel şarkılar ıslıkla çalıyor. Aynı zamanda iyi bir tenis oyuncusuydu.

www.ingramcontent.com/pod-product-compliance
Lightning Source LLC
LaVergne TN
LVHW041704070526
838199LV00045B/1202